El Cangur

15

Manuel de Pedrolo

Joc brut

Edicions 62

Barcelona

La primera edició de *Joc brut* aparegué a la col·lecció «La Cua de Palla» el 1965.

Disseny de la coberta: Pep Trujillo.

Primera edició dins «El Cangur»: octubre de 1975.
Trenta-unena edició: març de 1996.

Provença 278, 08008-Barcelona.

Imprès a Hurope s.l., Recared 2, 08005-Barcelona.
Dipòsit legal: B. 10.197-1996.
ISBN: 84-297-1134-1.

EL PROJECTE

Si no hagués estat per les seves cames, no hauria passat res. O potser sí. Però hauria passat a algú altre. Jo ho hauria llegit al diari.

S'havia assegut al banc de davant la parada de l'autobús i, amb una cama sobre l'altra, s'espolsava una sabata on devia haver-li entrat una mica de sorra de l'avinguda. Mai no havia vist unes cames tan meravelloses. Ni uns genolls tan bonics.

Després, quan va aixecar-se, vaig comprovar que no m'havia equivocat. Duia una faldilla curta, més aviat cenyida, i el cos era digne de les extremitats que mostrava tan generosament. El ventre era llis, d'adolescent, i això posava més en relleu les anques arrodonides que, després de perllongar unes cuixes que s'endevinaven llargues i nervioses, morien en una cintura breu. Més amunt, les sines inflaven la brusa blanca que contrastava amb el seu rostre bru, il·luminat per uns ulls immensos i maliciosos.

Devia quedar-me embadalit, però ella no em va somriure fins al moment que l'autobús arribava. Vaig pujar-hi darrera seu, els ulls fits en una nuca aborrissolada sota els cabells curosament despentinats, com s'estilava.

Vam quedar-nos l'un al costat de l'altre, drets, perquè el vehicle anava ple, i sense aquella frenada brusca que la projectà contra meu, potser encara me n'hauria sortit sense dany. Perquè la veritat és que no sabia com adreçar-li la paraula. M'impressionava.

El cos s'aplanà contra el meu pit i, mig girant-se, digué:

—Perdoni...

Estava fet a encarar-me amb la gent, la meva darrera col·locació, a l'agència d'orientació publicitària, l'havia aconseguida precisament perquè en Sorribes, l'amo, opinava que sabia manifestar-me amb desimboltura, que inspirava confiança, però ara tot això semblava no servir de res. Vaig balbucejar:

—No... No té importància.

Sortosament, el conductor devia estar a favor meu, perquè un parell de travessies més amunt gairebé va haver de pujar a la vorera per a evitar una camioneta les maniobres de la qual no havia sabut preveure a temps. Aleshores, jo ja m'havia refet una mica. Però així i tot les paraules que se m'acudiren foren ben banals:

—Aquest deu acabar d'arribar del poble —vaig dir.

Em somrigué de nou amb els ulls profunds i amb aquella boca que fins aleshores no havia remarcat prou bé, tendra i de llavis carnosos, però no em contestà.

—És clar que van de boig perquè tenen un horari... —vaig afegir sense gaire més inspiració.

Va moure el cap, també silenciosament, i vam seguir l'un a tocar de l'altre, sense dir-nos res més. De tant en tant el vidre de la finestra semblava enfosquir-se una mica quan el cotxe rodava a l'altura d'un altre vehicle, i aleshores, convertit en mirall, em permetia d'examinar-li la cara. Ella em mirava també, ni amical ni hostil, ara, indiferent com calia esperar.

Més amunt algú va aixecar-se del seient contra el qual em repenjava, i això em va permetre de dir unes paraules més:

—Vol seure?

—Gràcies. No sé si val la pena...

—Si no va lluny...

Es va asseure, però. La faldilla va enfilar-se-li genolls

amunt i de nou vaig poder contemplar-li les cames i, aquest cop, l'inici de les cuixes. La brusa se li esbocava una mica, mostrant així un tall profund que desapareixia entre les sines. Gairebé no vaig sentir la pregunta que em feia:

—Té hora, vostè?

Vaig mostrar-li el rellotge, mentre deia:

—Gairebé les cinc.

—Gràcies.

Tombà la cara cap al vidre i va quedar-se mirant l'espectacle del carrer. Ara i adés, però, em llambregava, interessada. Volia suposar que era interessada, però set minuts després, quan va aixecar-se i baixà, la cosa ja no va semblar-me tan clara.

—Veig que som veïns... —vaig fer.

Ella va tombar-se mentre l'autobús reprenia la marxa, i ara el seu somrís era irònic.

—Viu aquí, oi?

—No —digué—. Vostè sí?

Aleshores vaig riure francament.

—No, tampoc.

—Per què ha baixat, doncs?

Era al meu davant, plantada, no tenia aquest aire esfereït de moltes noies que sembla que vulguin arrencar a córrer quan els adreces la paraula, però el to de la seva veu era una mica dur.

—Per vostè —vaig dir-li.

Ja m'havia refet. La seva bellesa continuava impressionant-me, no m'hi havia pas acostumat encara, potser no m'hi acostumaria mai, perquè de noies com ella se'n veuen poques. No solament eren les cames, era una mena de lluminositat que transcendia l'aparença física, una qualitat misteriosa que, de sobte, emergia en un gest, en una expressió dels ulls.

—M'agradaria d'acompanyar-la.

—No pot ser —va dir ella, seriosa—. Li prego que em deixi.

—L'espera algú?

—Sí.

Inclinà una mica el cap, va girar-se, però encara no havia tingut temps de fer un pas quan jo ja li preguntava:

—Per què m'ha somrigut?

No ho va negar, ni s'escapolí donant la callada per resposta, perquè tornà a esguardar-me; s'aturà.

—No ho sé —va reconèixer—. Potser m'ha fet gràcia la seva manera de mirar-me.

Vaig humitejar-me els llavis.

—¿I no podria esperar-se una estona, aquesta persona amb qui s'ha de trobar?

—No. Perdoni però perd el temps. Em sap greu d'haver-li somrigut, si s'ho havia de prendre així.

Jo vaig passar la reflexió per alt.

—Quan ens podrem veure?

—És tossut, oi?

—No... Ara sóc jo qui li diu: perdoni, però... —Vaig quedar-me tallat—. Per què s'ha quedat?

—Quedar-me?

—Sí, aquí, quan li he adreçat la paraula. Vostè no és una noia corrent. Comprengui...

Va sacsejar el cap, sempre seriosa, però als fons dels ulls li centellejava una lluor burleta. Va dir:

—No. Passi-ho bé.

I tornà a girar-se, potser més decidida que de primer; va fer dos passos. Quan iniciava el tercer, jo ja era al seu costat.

—Sé que m'estic fent desagradable, però no puc... Escolti, no tinc el costum d'abordar les noies pel carrer, d'imposar-me...

—I què fa, ara? —va tallar-me.

—Ja ho sé... És tan violent per a mi com per a vostè. No vull molestar-la, vull... No és pas tan terrible veure's una vegada, només que sigui una vegada, oi?

Abaixà el cap i va fer encara tres o quatre passos avinguda avall, cap a les escaletes que menaven al carrer de sota després de travessar els breus jardins. Aleshores digué:

—Què vol?

—Ens podríem trobar una tarda, parlar...

—De què?

Estàvem novament aturats, ara a tocar d'un banc, des d'on tres vells que prenien el sol ens observaven.

—No ho sé... De vostè, de mi... Del que parla la gent... És ridícul! —vaig esclafir tot d'una—. ¿Com vol que sàpiga de què parlarem?

Va riure també, i els ulls se li empetitiren sense transformar, però, el seu rostre. Jo li tenia l'esguard clavat a la boca.

—És graciós, vostè.

Em fità els ulls i tot seguit desvià la mirada cap als turons que es retallaven al fons. Jo vaig tornar:

—Ens veurem?

Els ulls van desfer camí, però ara eren diferents, irònics, francament irònics. Semblaven contradir les paraules que pronuncià:

—Cada dissabte, en aquesta hora, agafo l'autobús.

Giravoltà i va anar allunyant-se, ara entre els arbres. No vaig seguir-la, ja era a mitja escala quan vaig cridar:

—Fins dissabte!...

Fins després no se m'acudí de pensar que ni sabia com es deia. Però en aquell moment ja era massa lluny per a preguntar-li-ho, era al carrer de sota, i jo a tocar del pont de més amunt, que el dominava.

Des de dalt, protegit pel pilar, vaig distingir la silueta que progressava lentament, amb el seu pas harmoniós. Abans de travessar cap a l'altra vorera, va tombar-se, però vaig veure que mirava cap a les escales. Tot seguit va ficar-se a la tercera casa de les quatre que s'arrengleraven a tocar d'unes botigues i magatzems de construcció baixa. Se'm va acudir de pensar que, malgrat el que havia dit, potser hi vivia.

El dissabte següent vaig saber que no.

De primer, quan la vaig veure avançar per l'avinguda, gairebé no la coneixia. S'havia canviat de pentinat, avui el duia lliure, i els blens de la banda esquerra li queien sobre els ulls, que duia pintats. Tampoc els llavis no semblaven ben bé els mateixos, car el carmí de l'altre dia havia estat substituït per un color morat pàl·lid que li donava un aspecte exòtic. Vestia una faldilla, com la primera tarda, però ara duia un jersei negre que li retallava la forma de les sines molsudes i altes.

El seu somrís va endur-se tot d'una, sense deixar-ne rastre, les cabòries professionals que m'havien turmentat tota la setmana, i especialment aquell matí, quan en Sorribes va tenir la idea genial d'enviar-me a un dels pocs safareigs públics que encara quedaven a la ciutat. Una marca de detergents tenia dificultats amb la venda dels seus productes i, en lloc de pensar que potser fabricaven una barreja mal dosificada, se'ls acudí de consultar l'agència. En Sorribes va decidir immediatament que la culpa era de l'encapsat. La forma era poc simpàtica, el colors, mal combinats, ferien la vista en lloc d'atreure-la...

M'havia, doncs, passat el matí al safareig, entre dones cridaneres i fortors de roba bruta, amb l'esperança d'esbrinar llurs preferències pels envasos. La cosa semblava ximple, però no ho era: l'experiència ens havia demostrat repetidament que el client sovint compra atret per una aparença quan entre els productes en competència no hi ha diferències massa acusades. Unes dimensions, unes línies, uns colors, uns dibuixos, un nom, separen moltes vegades l'èxit del fracàs comercials.

Aquell matí, però, res no havia acabat de sortir bé; al veïnat hi havia hagut un robatori i les dones no semblaven disposades a parlar de res més. I, quan començaren a expressar llurs opinions, no n'hi havia pràcticament dues que coincidissin. En tot cas, primfilant les coses, la majoria semblava afavorir les capses rectangulars, de color verd i amb lletres blanques. Moltes no hi havien pensat mai, compraven la marca que tenia el botiguer de la cantonada i, si en tenia més d'una, la que organitzava concursos radiofònics. En el fons, un desastre.

Però ara me'n rentava les mans, perquè tot d'una el món havia canviat, s'havia fet més amable, més bell. Ella em somreia, aturada al meu davant, l'esguard fit en el meu, ignorant les ullades cobejoses de tots els mascles que, sols o acompanyats, passaven per la Diagonal i la miraven francament o d'esquitllentes.

—Hola... —féu.

Em vaig empassar la saliva. Era terrible el que em passava. No podia ser veritat. No podia creure que fos veritat. Vaig mormolar:

—Has vingut...

—Cada dissabte agafo l'autobús en aquesta hora —repetí ella les seves paraules de l'altre dia—. No em creies?

—Sí... Però avui no.

Jo m'entenia. I, aparentment, ella també, perquè el somrís se li accentuà. I era una altra mena de somrís, cordial, interessat, sense rastres visibles d'ironia.

—A dos quarts de set he de ser a casa de la meva amiga —digué.

—A dos quarts de set?

I eren les cinc, ja eren les cinc! No podia ser. Sense contestar, va dir:

—Caminem.

La llum havia canviat i em féu creuar cap a l'altra banda, cap a la Travessera.

—Quina amiga?

—Cada dissabte passo la tarda amb una amiga —m'explicà—. Va tenir un accident de cotxe i ha quedat invàlida.

—Ah!

No se m'acudia res.

—Anem fins a Gala Placídia i a un quart de set agafaré l'autobús.

—T'acompanyaré.

—No —féu ella, i sacsejà el cap. Els cabells li oscil·laren d'una banda a l'altra, negres i sedosos—. No vull que ens vegi... Comprèn, ella ja no tornarà a sortir mai més amb cap noi.

—Ah!

Seguia sense acudir-se'm res.

—Amb una hora en tenim prou per a parlar, perquè em diguis tot això que em volies dir...

—Jo... L'altre dia ni vaig pensar a preguntar-te com et deies. Jo em dic Xavier.

—Juna —féu ella.

—Juna? Quin nom és?

—Justina. Però no m'agrada. Digue'm Juna.

—Juna... És bonic. Com tu, com tota tu...

—Xavier també està bé —digué amb tota senzillesa.

—Juna... —vaig repetir, encara encisat.

Ella va riure, em llambregà amb aquell pou que li aprofundia la mirada.

—L'altre dia, quan em vas dir que t'havies de trobar amb algú... No festeges?

—No. Per què? Et pensaves que m'havia de trobar amb un xicot...

—Sí. Era natural, oi?

—No ho sé.

—Una noia com tu...

—Potser és que sóc molt exigent. No et fiïs de les aparences.

Vaig desconcertar-me una mica, perquè ara el seu esguard era reflexiu, semblava sospesar-me.

—Que em conformés a veure't no vol dir res.

—Conformar-te?

—Em vas fer gràcia.

—I encara te'n faig? —vaig preguntar-li amb una ombra de duresa, sobtadament molestat.

—Em penso que sí.

Però el seu somrís em desarmava. No podia enfadar-m'hi. Un no pot enfadar-se amb una noia que us mira i us somriu com si els seus ulls haguessin arreplegat tot el sol de l'univers.

—Tens sort —vaig dir—. Voldria poder-te dir el mateix. Ets massa bonica. Massa terriblement bonica.

—I què?

Ens havíem aturat davant una corrua de cotxes, ens inclinàvem l'un contra l'altre i ella dreçava el cap, amb els llavis entreoberts.

—I què? —vaig repetir. De sobte alguna cosa em fastiguejà—. Amb una noia com tu, no s'hi pot parlar —vaig afegir—. No pots dir-li res que no hagi sentit centenars de vegades.

—Però ho pots repetir, si vols.

Em vaig passar la mà pel front, vaig entretancar els ulls.

—Travessem —digué.

Vam travessar.

—Juna... ¿Et conformaràs a veure'm altres vegades, suposo?

—No ho sé. Depèn.

—De què?

Va moure una mica les espatlles i les sines semblaren estremir-se-li sota el jersei.

—Del que vulguis, potser.

—Et vull a tu. —I sense donar-li temps d'intercalar-hi cap mot, vaig prosseguir—. Ja sé que és ximple. —Vaig donar un cop d'ull al rellotge—. Fa deu minuts que ens hem trobat, és pràcticament la primera vegada que ens veiem. I ningú no diu a una dona que la vol quan tot just l'acaba de conèixer.

—Doncs per què ho dius?

—No ho puc evitar. Hi ha alguna cosa que em provoca, en tu.

—I què esperes que contesti, jo?

—Res, ja ho sé. Tornarem a sortir, demà...

—No.

—És festa.

—Sempre surto amb la família.

—Amb els teus pares?

—No. Els meus pares no viuen aquí. Amb l'oncle i la seva dona.

M'ho acabà de contar una estona després, quan ja érem a la plaça Gala Placídia, on volgué asseure's en un banc. A l'altre extrem hi havia una dona, però podíem parlar amb tranquil·litat perquè no ens escoltava, prou feina tenia amb dues nenes que se li escapaven contínuament.

Era d'un poble, prop de Tortosa, i ara passava una temporada amb el seu oncle. És a dir, la tia havia estat la germana de la seva mare, l'oncle era sobrevingut, però seguien en bones relacions ara que, vidu, ja feia més d'un any que s'havia tornat a casar. Ella i la segona muller simpatitzaven, era jove també.

—Però això no t'obliga a sortir-hi —vaig objectar al final.

—No es tracta d'obligació. Els he acostumats així i ara els estranyaria... No puc pas dir-los que passo la tarda amb la meva amiga si saben que ja la veig el dissabte.

Se'm va acudir:

—Però ¿com pots tenir una amiga tan íntima, aquí, si no hi vius?

—Hi vivia. Fins que es va morir la tia vaig viure amb ells. Després me'n vaig tornar al poble, no semblava convenient...

—No treballes?

—Sí... A casa. El pare té un cafè, al poble.

—I tu hi fas de cambrera?

—Hi serveixo, sí. És algun mal?

Li mirava les sines, les mans, les cuixes que la faldilla dibuixava, i aquelles cames meravelloses, ara posades l'una sobre l'altra.

—No ho sé... Tants homes...

Ella em fità descaradament.

—I què?

—No et deuen deixar tranquil·la...

—Això depèn de la noia, oi? No d'ells.

—No ho sé. Quan et veig...

Les paraules se'm van nuar a la gorja. ¿Com podia dir-li que jo no la deixaria en pau, que no comprenia com els altres la podien deixar en pau? Impulsivament, vaig allargar la mà cap a la seva que reposava a tocar dels genolls descoberts.

—Juna...

Esguardà els dits que s'unien i tot seguit alçà els ulls cap a la meva cara. Baix, preguntà:

—Per què, això?

—Si no ho saps, no serviria de res dir-t'ho.

No va replicar. Em mirava només, però els ulls se li havien esbarriat una mica, eren dues taques vagues, girades cap a l'interior, on devia consultar-se no sé què. Al cap d'un moment, vaig fer:

—Si no pot ser els diumenges, els dies d'entre setmana... Et quedes gaires dies?

—Tot el mes.

—Divuit dies —vaig comptar jo ràpidament—. Ens hem de veure.

—I després, què?

—Ens hem de veure —vaig repetir obstinadament. Ho ignorava tot, del després.

—No treballes, tu?

Vaig explicar-li la mena de feina que feia, vaig explicar-li tota la meva vida. Que tampoc jo no era de Barcelona, que la mare i jo hi vam venir en acabar-se la guerra que va deixar-la vídua, perquè el meu pare havia mort al front, al costat dels vençuts i mai no havíem rebut cap ajuda. Ella feia feines per les cases, vetllava malalts, jo havia treballat de grum en una oficina, de corredor d'articles electrodomèstics, però no servia per a vendre, potser no servia per a res.

Les paraules se m'anaven fent agres a la boca, revivia en uns moments la meva infància humiliada i famolenca, les aspiracions de la mare que volia per a mi un futur millor i no ho aconseguí, perquè no va poder donar-me estudis, i mai no vam tenir res, ni casa. Vivíem rellogats, de primer a casa de dues germanes, dues bruixes que ens feien la vida impossible, després a casa d'un matrimoni el cunyat del qual —un home ja granat que també dormia al pis—, intentà de seduir la mare. Recordava les discussions, les baralles, els cops d'aquella nit, però això m'ho vaig callar.

—Viviu rellogats, doncs? —preguntà ella.

—Ara ja no. A la fi hem pogut aconseguir uns baixos. No és un pis. Són dues habitacions, sense cuina, amb un petit pati. Havia estat l'estudi d'un pintor. Les parets són plenes de taques, d'esbossos... Algú en diria un indret pintoresc.

Però no si hi havies de viure, pensava, perquè la humitat se'ns menjava, devorava les tres cadires, els dos llits i la taula, l'armari, tot comprat de vell, usat i miserable. La comuna era fora, al pati, on també calia cuinar amb un fogó portàtil...

Vaig brandar enèrgicament el cap per tal d'allunyar aquella misèria, per tal d'allunyar un pensament encara més coent: el record d'un pis que hauria pogut ser nostre, perquè la mare havia anat recollint com una formiga fins a reunir les vint mil pessetes que calia pagar d'entrada, quan la casa encara no havia estat començada. Ni va construir-se mai del tot; no passà dels fonaments. L'empresari va fer-se fonedís amb els diners i, quan van poder-lo arreplegar, se'n sortí amb uns quants anys de presó; ara ja devia tornar a estar en llibertat.

—Més val no pensar-hi... —vaig dir en veu alta—. Pensem només en aquest moment, en nosaltres.

Però ja se'ns havia fet tard, era un quart de set tocat, i ella va aixecar-se.

—No hem quedat en res —vaig fer.

—Si treballes...

—Quan plego, a les set. Ens podem veure cada dia. Et vindré a esperar. On vius?

—No —digué ella—. Al meu barri hi ha molta xafarderia.

—Ens podem trobar, doncs... On vulguis.

Ens vam trobar. Cada dia en un indret diferent, pel carrer, en un cafè, al metro. Ella ho va voler així. Jo no comprenia per què.

—No m'agrada fer sempre el mateix —em va dir quan vaig preguntar-li-ho.

Potser era això. Però en definitiva, sempre fèiem el mateix, o gairebé. Passejàvem. Una vegada vam anar al cine. Un altre dia al Parc de la Ciutadella. És on la vaig besar per primera vegada. Ja fosquejava, dins d'un moment tancarien, i ella no ho volia, només érem amics, digué.

—Amics, Juna?... —vaig fer.

—Què, doncs?

—Amb un amic, no s'hi surt cada dia.

Estàvem asseguts a terra, en un tou d'herba, darrera uns arbustos, en un indret no permès.

—Per què no?

—Amb un amic no t'asseus fora del camí, ni el devores amb els ulls.

—Et devoro? —rigué aleshores.

—Et devoro jo. Et devoro des que ens vam veure, aquella tarda que estaves asseguda al banc i et treies la sorra de les sabates. Juna...

—És tard, anem.

Vaig posar-li la mà sobre el genoll i vaig inclinar-me contra el seu rostre, com arrossegat pels llavis avui d'un vermell encès, perquè sempre canviava de color.

—No, Xavier...

—Per què?

—Perquè...

—Juna... Saps que t'estimo, que...

Va tapar-me la boca amb la mà, però jo vaig desfer-me'n

—Per què no vols que ho digui?

—No ens menaria enlloc.

—No?

Vaig subjectar-li els dos braços i un moment després enfonsava els meus llavis en els seus, l'obligava a obrir-los...

Quan vam separar-nos, deixà caure el cap contra el meu pit i tots els cabells se li precipitaren sobre la cara com una cortina. Panteixàvem.

—Juna...

Ella s'anà redreçant.

—Deixa'm.

—No.

—Deixa'm, deixa'm!

Però es deixà besar de nou quan les seves mans encara em rebutjaven. A poc a poc va anar-se inclinant cap a la gespa que l'acollia i el meu cos reposà gairebé sobre el seu.

—Deus pensar: que fàcil que és...

—Juna! —vaig exclamar tot incorporant-me.

—Mai no m'ha tocat ningú, Xavier.

—Jo... Oh, Juna, Juna!

—Amb tu.... —callà.

—Jo t'estimo, Juna.

—No ho sé. Les paraules no costen res.

Els ulls li brillaven en la penombra, però aleshores tombà el cap i es redreçà.

—Anem.

—Juna...

Se'm girà com una fera, agenollada sobre l'herba, despentinada.

—Sí, també m'agrada! —gairebé cridà—. No ho veus? Des del primer dia, del primer moment, quan et vaig veure...

—Juna!

—Sóc...

La veu se li trencà, però en aquell instant ja ens precipitàvem l'un contra l'altre. Vam rebregar-nos en una abraçada que ens encenia els llavis, tremolosos i impacients. Sense ni adonar-me'n, les meves mans avançaven cap als pits, i ella va deixar-se anar cap a un costat, abandonada. Aparentment abandonada, perquè tot d'una semblà recobrar-se i digué:

—No!

Em rebutjà amb tots dos braços i novament vam quedar-nos l'un davant de l'altra, mirant-nos amb un esguard tèrbol i fràgil. La faldilla se li havia arromangat cuixes amunt i ara em mostrava la carn bruna que gairebé es confonia amb la nit.

—No... —repetí més baix, més lentament.

S'aixecà i la roba tornà a caure sobre els genolls. Va amoixar-me els cabells abans de dir:

—Anem, és tard.

Vam abandonar el nostre refugi i avançàrem pel camí solitari. Devíem ser els últims. Però encara ens vam entretenir, perquè sota un tou d'arbres vaig enllaçar-la per la cintura i es va veure obligada a aturar-se, a mirar-me.

—Juna...

Però ella ja brandava el cap i féu:

—Oblida el que t'he dit... Potser valdria més que no ens tornéssim a veure.

—Per què? Et vull per sempre, Juna, no és caprici...

—I quant de temps és, per sempre?

—Ens podem casar.

—Calla!

Tot d'una semblava irada, va desfer-se dels meus braços amb un gest enèrgic i es posà a caminar al meu davant. Vaig córrer per tal d'aconseguir-la.

—Hi ha algú altre, potser? Vas dir-me que no...

—I què em donaries, digues?

M'esguardava, sense deixar de caminar. Tots dos avançàvem molt de pressa, ara, com si algú ens perseguís. Només podia ser el nostre desig.

—Què et donaria? —vaig repetir, sense acabar d'entendre-la. Però al bell mig de l'estómac se m'havia nuat alguna cosa.

—Sí. Una habitació de rellogats?

—No visc rellogat, ara —vaig recordar-li.

—Ja m'ho vas dir, on vivies!

—Les coses poden millorar. No vull dir que ens hàgim de casar de seguida.

Érem ja a les portes, encara obertes, i al costat de les quals s'esperava un home d'uniforme, un dels guardians del jardí. Fora, hi havia tota la perspectiva del passeig il·luminat i sorollós.

—Tu i jo sempre hem estat pobres —féu, tot alentint el pas, sense mirar-me—. No tinc res contra els pobres —afegí.

—Què vols dir?

—Ja saps que sóc exigent. No vull consumir-me tota la joventut i que això... —callà, va mirar-me i aleshores, sobtadament, passà el braç per sota el meu, se'm premé amb tot el cos—. És bonic, Xavier, i vull... voldria... que ho fos sempre.

—Pot ser-ho si tu i jo ens ho proposem.

—No et pensis que sóc una egoista, que només m'interessa... Et diré una cosa. Al poble hi ha un noi que també es vol casar amb mi, és fill d'un fabricant i té diners... molts diners.

A mi el cor se'm feia petit, però callava, esperava.

—És un bon noi, també —prosseguí ella—. Si m'hi casava, no em faltaria res... Però no l'estimo, no em fa sentir com tu.

—Puc canviar d'ofici, ara que et tinc...

—No, Xavier. No sóc egoista, però sóc ambiciosa. Per mi, per l'home que estimi. Potser vull massa... Quan penso que hi ha gent que ho tenen tot, que no han de passar angúnies, maldecaps, i que no ho saben aprofitar!

—Val més estimar-se que ser ric, Juna.

—Val més estimar-se i ser ric —em rectificà ella.

—Però no es pot escollir; jo... De tota manera ara ja és massa tard, no podem renunciar l'un a l'altre.

—Sí, encara hi som a temps... ¿Vols veure'm desgraciada, consumida per la misèria? Quant de temps m'estimaries si...

—Sempre —vaig assegurar sense deixar-la acabar.

—No. Mentre et fes goig, mentre fos encara una cosa nova... Potser ni ara, no m'estimes. Tens desig de mi, et marfons de ganes de tocar-me, de besar-me...

—No és cap mal. Una cosa no priva de l'altra.

Ella tornava a moure el cap, se separà una mica de mi.

—Aquesta vegada he estat lleugera... Perdona si... T'he deixat esperar, confiar...

—Però si tu mateixa, fa un moment, al parc...

—Sí —va reconèixer—. I per això t'he deixat esperar i confiar. Perquè també jo esperava i confiava... no sé què.

Va aturar-se, m'esguardà amb uns ulls tristos però decidits, i molt baix, molt de pressa, va dir:

—Separem-nos, Xavier... Tot té remei, encara.

Però jo em vaig entossudir; el cor m'omplia la gorja, em privava de respirar, però així i tot aconseguia de parlar, d'implorar. No entenia res, totes aquelles paraules seves m'havien caigut al damunt com un xàfec en un dia assolellat. Era ridícul, era grotesc, mai no havia sentit dir que dues persones que s'estimaven se separessin només per això, perquè s'haurien de passar la vida treballant, vivint en un indret humil... Havia treballat tota la vida, estava disposat a seguir fent-ho, ho acceptava com una necessitat ineludible...

—No, Xavier, no —anava fent ella.

Érem a les portes de l'estació de França, ens havíem aturat definitivament, i ella es recolzava contra un dels murs de pedra, a tocar de les escales davant les quals no paraven d'aturar-se cotxes, taxis, que deixaven tot de viatgers carregats de maletes, apressats, aqueferats...

—No, Xavier, no...

Em mirava; tenia el rostre alçat, tot el cos inclinat enrera, la sina oferta, el ventre a tocar del meu. Els llavis li resplendien, humits encara de les nostres besades, una comissura de la boca semblava tremolar-li.

—Encara hi som a temps —repetia—. Me'n tornaré al poble i m'oblidaràs. T'oblidaré... Digues-te que ha estat una aventura...

—No ha estat cap aventura! Però Juna, Juna, ¿què ha passat? No ha estat mai una aventura, sempre ha estat seriós...

—Però jo no vull. No puc, Xavier! Em sap greu que hàgim de separar-nos així, tu creient que sóc una noia àvida... Però no et vull enganyar. ¿Oi que més val que sigui així, sense engany?

—Sí, Juna, però jo... Dóna'm una oportunitat! —vaig dir a la fi. No podia perdre-la, hauria fet qualsevol cosa per no perdre-la.

—Una oportunitat? De què?

—De convèncer-te. Encara has de passar uns dies a Barcelona. Deixa que jo...

—I després què? Sé el que vull, Xavier. I després seria pitjor.

—Et convenceré, n'estic segur. No pot ser que siguis així. En el fons no ho ets.

—Sí, ho sóc.

—Tenim més d'una setmana de temps... deu dies. Et prometo que no et tornaré a tocar, si no vols, que no et besaré... Si després continues pensant igual...

—Ens turmentarem inútilment.

—Ni que així sigui. Més m'estimo això. Si ha de ser una aventura, vull recordar-ne més coses —vaig afegir—. Ara... tot just hem començat a conèixer-nos. I no en tinc prou, Juna. Em sents?

—Però i jo? Pensa en mi, també, Xavier.

—Hi penso. En tots dos. També tu t'has de donar una oportunitat... Digues que sí, Juna, digues que sí... No et demanaré res més, si no vols. T'ho asseguro, Juna, t'ho prometo...

Ja eren tres quarts de nou quan va dir que sí.

Ja no va tornar a ser mai més ben bé el mateix, però. Jo estava espantat per aquella necessitat que tenia d'ella. Vaig viure els dos o tres dies següents en un malson que es prolongava fins a altes hores de la nit, quan de pur exhauriment nerviós aconseguia d'adormir-me. Tractava d'oblidar-la durant les hores de treball, de lliurarme únicament, absorbentment, a la meva tasca, aquells dies molt delicada, perquè després del fracàs del safareig públic, la casa, sense desanimar-se, havia volgut que procedíssim a unes enquestes en profunditat, cosa que exigia entrevistes personals innombrables amb les possibles compradores de detergents, dones que sorprenia sovint en plena feina domèstica, quan tornaven de la compra diària o a punt d'anar-hi, sempre en moments crítics, quan semblava que no tenien temps per a contestar unes preguntes que no els interessaven i que jo havia de fer prou suggestives perquè, a la fi, em permetessin de passar del llindar i iniciar el meu veritable treball... No servia de res. Hi havia un problema, em calia resoldre'l i no trobava la manera, perquè ella no em donava cap facilitat. Ens havíem enfadat ja una vegada; vam passar-nos tot un capvespre discutint, gairebé insultant-nos, exasperats pel desig, perquè jo tampoc no podia complir allò que li havia promès, no tornar a besar-la, no intentar de tocar-la. Era com un imant. Un imant que cedia un moment i que després es redreçava amb els llavis vermells, cridant:

—No pot ser, Xavier, no pot ser! ¿Que potser em vols fer tornar boja?

Perquè m'havia tornat a dir que m'estimava, que tota ella era una brasa encesa...

—No està bé, Juna —vaig queixar-me un cop—. Això és brut.

—I què? Amb tu... amb tu voldria ser-ho tot.

N'hi havia per a enfollir. I la mare!, per si fos poc ara s'hi havia barrejat la mare. No sabia res de la Juna, però acabà per endevinar alguna cosa, a la nit sentia que em regirava pel llit, de dia veia com no sabia estar-me dos segons assegut al mateix indret, sentia com li contestava, amb una exasperació continguda i potser per això més violenta.

—Què et passa, Xavier?

—No res.

—Et trobes bé?

—No m'he queixat, oi?

—No, no t'has queixat.

—Doncs deixeu-me en pau!

I ella em mirava, adolorida, perquè mai no l'havia tractada d'aquella manera, sense cap mirament, perquè flairava alguna cosa greu i s'adonava que no tenia prou confiança en ella per a reposar-m'hi. Però no podia pas dir-li que estava ximple per una noia, que estàvem ximples l'un per l'altra i que tot i això mai no arribaríem a res, que deixaríem consumir l'amor i el desig sense aprofitar-los fins que temps enllà tot plegat se'ns convertís en odi. Perquè el record, ben a l'inrevés del que pensàvem de primer, no seria agradable. O no ho seria durant molt de temps. De moment, quan ens separéssim, només quedarien les ferides. Calia evitar-ho, evitar-ho... I com?

Si jo podia muntar una agència com la d'en Sorribes, amb una mica de sort podria fer tants diners com ell. Perquè n'havia fets molts. Amb nosaltres, els agents, era un estiracordetes, un miserable, però als clients els cobrava uns honoraris que feien dreçar els cabells sobre el cap. Ara ja feia tres anys que treballava amb ell, coneixia tots els trucs de la professió, sabia de companys malcontents que l'haurien plantat sense pensar-s'hi dues vegades si jo podia emancipar-me. Però no tenia diners, enlloc no m'haurien fet crèdit sense béns amb què respondre, entre els meus coneguts no comptava cap ric disposat a fer-me un improbable favor... Potser, a tot estirar, hauria pogut començar tot sol, des de casa, defensar-me a força de braços, de sacrificis, de renúncies. Però seria un procés llarg, ella no s'esperaria, la perdria mentre em preparava un futur que no compartiríem... Què fer?

Quan incidentalment va dir-me que el seu oncle gaudia d'una bona posició, se m'acudí que potser, a la fi, encara hi havia salvació. Això era un dijous, una tarda que plovia i ens havíem refugiat en un cafè de la Barceloneta.

—Escolta... —vaig dir immediatament, i li ho vaig explicar—. Si tu poguessis... —però aleshores, després d'haver-me escoltat amb atenció, ja reia.

—Com es veu que no el coneixes! És molt gasiu, i després... —Tocà el vas que tenia davant i, sense mirar-me, féu—. T'he de confessar una cosa. No sé si faig bé, perquè tu esperaràs... —S'arronsà d'espatlles, fatalista, i afegí—. Tot el que té l'oncle és meu.

—Teu?

—Meu. Ho serà. Ja veuràs... La rica era la tia, la seva primera dona. De jove havia... com t'ho diré?... Era artista, va tenir amics... ja saps.

—Sí.

—Sobretot un, un vell que va deixar-li valors, propietats i interessos en algunes empreses. Era un home sol... No va ser fins després que es va casar amb en Virós... No t'ho havia dit, oi, com es diu l'oncle?

—No; em penso que no.

—Virós, Enric Virós. És militar, ara ja retirat. Quan

van casar-se ja eren grans tots dos, i em penso que ell s'hi va casar més que res pels diners. I ella... ella volia fer una fi correcta, que diguéssim. No van tenir fills, ella ja no en devia poder tenir, i en morir m'ho va deixar tot.

—Però, aleshores, tot això que...

—Deixa'm acabar. M'ho va deixar tot. Però no serà meu fins que ell no es mori. És l'usufructuari. Jo no puc tocar res, res! Quan es morirà tindré les finques, els valors... tot, perquè no s'ho pot vendre ni hipotecar, és clar. Només pot quedar-se amb les rendes. Per això...

Jo m'havia anat redreçant sobre la cadira.

—Però Juna! No veus que no tenim problema? No vull dir —vaig afegir precipitadament— que intenti viure de tu, però més endavant, quan puguis disposar de tots aquests diners...

Ella em mirà gairebé despectiva.

—Més endavant! Saps quants anys tinc?

—Vint-i-un o vint-i-dos.

—Vint-i-tres. I ell, saps quants en té?

—M'has dit que era vell.

—Vell per a nosaltres. En té cinquanta-sis. En pot viure quinze més, o vint i tot. I jo ho vull ara, ara que sóc jove, ara que me'n puc gaudir, no quan sigui una pobra dona de quaranta anys.

—Però no hi pots fer res.

—No ho sé. De vegades penso... Si li passés alguna cosa...

Va quedar-se pensativa, deixant la frase en suspens. Només al cap d'una estona féu:

—No tenim solució. Convence-te'n.

—Si li parlessis... —vaig dir jo—. Una agència d'orientació publicitària és un bon negoci, he vist com en Sorribes s'hi ha fet ric, hi ha encara poca competència...

—No, és inútil. No li agrada exposar-se. I, després, ningú no ens assegura que aniria bé. —Va tombar-se cap als vidres que ens separaven del carrer, mirà cap a fora—. Em sembla que ja no plou, ara. Anem-nos-en.

Mentre ens aixecàvem, vaig dir encara:

—Deixa-m'ho provar a mi. Si me'l presentessis...

—Diria que no, ni que només fos per molestar. És un... un sàdic. Ja hauria pogut fer alguna cosa per a mi, si hagués volgut. Però no —uní dos dits, me'ls mostrà—, ni així. Saps què en fa, dels diners? Els deixa a infeliços que s'avenen a pagar-li interessos usuaris. És un escanyapobres!

Érem fora, ja, sobre les llambordes humides que reflectien la llum dels fanals, sota un cel encara amenaçador però que momentàniament havia tancat les aixetes.

—Ja és prou que hi vulguis passar temporades, si és com dius...

—Ho volen a casa —contestà ella en to definitiu. Consultà el rellotge i digué—: Agafem un taxi. És tard.

No en vam tornar a parlar fins a les Corts, on ella vivia. Mai no m'havia deixat acompanyar-la-hi però avui va dir:

—Vine, si vols. El farem aturar abans d'arribar a casa.

En la fosca del cotxe, aïllats de mirades indiscretes, vam unir les mans i, al cap d'una estona, quan ja anàvem per la Via Laietana, em va permetre d'abraçar-la. S'abandonà contra meu, el cap, però, alçat i els ulls clavats en els meus. Sospirà.

—Juna...

—Si sempre pogués ser així —va dir baixet—. Tu i jo sols, tancats en un món nostre, sense necessitats, sense res més...

—Depèn de nosaltres.

Ella denegà amb el cap i jo no vaig insistir perquè en aquell moment només podia pensar en el seu cos càlid, en els seus llavis que lluïen en l'obscuritat. Gairebé sense adonar-me'n, vaig trobar-los contra els meus i aleshores ella va desprendre un braç i m'enllaçà per darrera el coll, acollidora com un bany tebi.

—Xavier, Xavier... —féu.

No vam separar-nos fins que ja érem més enllà de la plaça del Turó. El xofer es tombava.

—On els deixo? —preguntà.

—Vagi fins al carrer Morales —digué ella—. Per la Travessera.

Vam abandonar el vehicle a tocar del camp de futbol on els diumenges jugava un equip de barriada. Tornaven a caure unes gotes i els carrers eren buits i foscos.

—Vine fins a l'altra cantonada —féu ella.

Abans d'arribar-hi vaig empènyer-la contra l'ombra densa d'un portal, o m'hi arrossegà ella, perquè a tots dos ens devia moure el mateix impuls, el mateix desig de viure encara un moment a soles, de barrejar les nostres alenades. Quan vaig aixecar la cara, però, després d'haver-la besada, vaig adonar-me que tenia els ulls enllorats, que una llàgrima se li esmunyia per la galta.

—Juna!

Se m'abraçà més estretament, va lligar-me amb tots dos braços, abocada contra el meu pit que panteixava.

—Xavier, Xavier... N'hi ha per tornar-se boja...

—No ens podem consumir així, Juna...

—Però jo no sóc una qualsevol, Xavier.

—Ens estimem, Juna, ens estimem!

—No t'havia d'haver escoltat, no.

—Ets meva, Juna. Ho sents?

Les seves mans es desenllaçaren, retrocediren cap al coll, cap a la barbeta, les ungles m'esgarraparen.

—Però ho vull ser sempre, sempre, no ara!... Vull que sempre em trobis bonica, no em vull fer malbé com totes aquestes dones esclaves de la seva misèria... I vull que estiguis orgullós de mi, que em portis pertot arreu, i que la gent puguin dir: quina dona que té! Que t'envegin perquè sóc la més bella, que tu... que tu...

Les paraules morien i les mans havien caigut fins al pit que em colpejava dèbilment. Vaig engrapar-la, bolcat contra el seu cos, enllaminit per l'expressió sofrent de la seva cara, per la nuesa d'una espatlla que sobtadament em mostrava un inici de la seva intimitat. Sense voler, li havia fet saltar un botó de la brusa, que s'obria.

—No podem seguir, així! —vaig mastegar—. Tots dos, ens tornarem boigs!

I aleshores, amb una veu remota, com involuntària, va fer:

—Hi ha una manera.

Vaig immobilitzar-me com si algú m'hagués lligat de peus i mans, i gairebé no reconeixia la meva quan, ronca, va dir:

—Una manera...

Però ella semblà encongir-se, tota arraulida contra el muntant de la porta que ens protegia; mai no m'havia mirat amb els ulls tan oberts.

—No... —féu. Es passà la mà pel front—. És...

—Digues —vaig urgir-la.

Parpellejà repetidament, es redreçà una mica, avançà les mans i les reposà sobre el meu pit.

—Tu faries qualsevol cosa per mi, oi?

—Sí. Quina cosa?

—Qualsevol cosa —repetí—. Jo per tu sóc capaç de tot. De tot, Xavier.

—Sí.

Va passar-se la llengua pels llavis i endinsà l'esguard en el meu.

—Podríem matar-lo.

No em vaig moure. No vaig fer res. Potser no ho entenia, perquè una veu estranya, però meva, féu:

—Matar-lo? Qui...

—L'oncle. Si ell moria...

Ara vaig reaccionar. Un eixam de puntes d'agulla se'm precipità medul·la amunt i les galtes em van tremolar un moment abans d'endurir-se com una pedra.

—Però Juna!

—És un ser inútil, mesquí, egoista, odiós!...

Ho escopí apassionadament i els ulls li llampeguejaren amb una ira estranya, gairebé freda a despit d'aquella passió.

—Juna! —vaig repetir.

—Ningú no en sabria mai res —prosseguí ella despietadament—. Ningú, Xavier!

Vaig fer un pas enrera i les seves mans van quedar-se a mig aire, inertes. Després retrocediren cap a la seva espatlla, on s'aturaren, insegures, abans d'esbocar més la brusa i, amb un gest que semblava maquinal, inconscient, desplaçar una mica el tirant dels sostenidors que li havia deixat un séc a la pell.

I ja no vaig veure res més, perquè tot d'una vaig trobar-me corrent vorera enllà, sota la pluja que augmentava. Darrera meu, tot s'havia quedat silenciós, com si no hi hagués ningú. La mort.

L'endemà a dos quarts de set, però, tornava a ser a les Corts, i ara davant de casa seva, aturat a la porta de la cantonada. No havia aclucat l'ull en tota la nit i a les sis, quan la mare encara dormia, vaig llevar-me. En algun moment o altre havia deixat de ploure, les lloses del pati començaven a eixugar-se i bufava un ventijol humit. Vaig quedar-me assegut al banc de pedra que hi havia prop de la comuna, i fumant cigarret darrera cigarret. Volia convèncer-me que no ho havia sentit bé, que aquella proposició no m'havia estat feta, que en un indret o altre s'havia produït una confusió, hi havia hagut un error de paraules... Però era inútil, ella ho havia dit ben clar: matar-lo.

Matar-lo. Una vida amb la Juna a canvi d'una altra vida, d'un vell egoista i mesquí com ella havia dit. D'algú que no coneixia, que no m'havia fet res... Em sentia totalment esgotat, buit; tot, començant per mi mateix, m'era llunyà, estrany. Només ella continuava existint, provocativa i inevitable. Però ara ja era una altra. L'havia perduda, mai no... Però no podia perdre-la. Calia fer alguna cosa, alguna cosa... Tot havia empitjorat. Algú, una altra persona, havia emergit de les profunditats del seu ésser i em revelava una cara ferotge, sanguinària, una voluntat decidida, capaç... Però, era per mi. L'havia encegada, les meves carícies, els meus petons, li havien fet perdre el món de vista, tota ella cremava com una brasa encesa per una ventada tempestuosa. I jo era el vent, el vent també encès que ara mateix, en recordar la humida carnositat dels seus llavis sota meu, gemegava com un animal ferit.

Però matar...

—Què fas, aquí, Xavier?

La mare es dreçava al llindar de la porta, despentinada i fredolica sota la bata mal cordada. Amb un espant, vaig tornar a la realitat diària i prosaica.

—No tenia son.

—A tu te'n passa alguna —digué ella, i els ulls em miraven recelosos, però amicals, preocupats, plens d'un amor que no espera res.

—No...

—Alguna noia? —insinuà inevitablement.

—No. Deu ser la primavera! —vaig intentar riure.

Però per dins hi havia alguna cosa que es marcia. Hi va seguir essent tot el matí, mentre el costum, la inèrcia, em feien trucar a portes estranyes i parlar a criatures anònimes que, sense saber-ho, eren peons d'un joc grotesc al qual jo em prestava voluntàriament perquè una cosa o altra em calia fer, perquè havia de guanyar diners si volia continuar vivint... Com volia continuar vivint aquell oncle desconegut que no tenia problemes, que potser era odiós però que tenia dret a morir de mort natural.

Preguntes i respostes, somriures maquinals, un lent progrés de porta en porta, sense ni impaciència ja, sense disgust, sense res. La feina que cal fer, que fa algú altre mentre continuen dient-nos: hi ha d'haver una sortida. Però sense buscar-la, atents a aquesta mena de taca que es va escampant per dins i ho nega tot aprofitant l'absència del propietari que s'ha convertit en un mer espectador.

I, a migdia, a primeres hores de la tarda, el revulsiu. Ella venia pel carrer, acompanyada. Vam trobar-nos cara a cara i, mentre el xicot li parlava, ella tenia els ulls clavats al meu damunt, grans i profunds, més bells, més prometedors que mai. No sabia si aturar-me. Però ella va resoldre la situació sense vacil·lar ni un sol moment. Quan anàvem a encreuar-nos, els ulls lliscaren pel meu rostre, carrer enllà, com si jo fos un desconegut. No vaig girar-me a mirar-los, no volia saber si ella es giraria. Vaig anar seguint cap a la parada del tramvia que em duria a casa. Però allò que semblava marcir-se cobrava ja nova vida, de primer en forma de desesperació, una desesperació inèdita, que no tenia res a veure amb aquell desencís apassionat que m'havia privat de dormir i a les sis m'obligà a abandonar el llit, després en forma d'ira que, a poc a poc, s'anà transformant en una mena d'anhel desbridat d'arribar d'una vegada per totes al fons de la meva misèria, de sofrir fins a les escares la humiliació del meu amor.

Però a dos quarts de set, quan, després d'haver abandonat la feina prematurament, esperava davant de casa seva, els meus sentiments ja eren uns altres. Els que, de fet, havien estat sempre. Era meva i no hi renunciaria. Passaríem per l'infern i se'n tornaria al poble. Però aleshores ja l'hauria marcada. És clar que tot hauria estat més senzill si hagués sabut com. Ara per ara només sabia que li perdonava aquella espurna de maldat que li donà el valor de proposar-me un assassinat i la seva sortida amb un xicot d'aspecte agradable. Això darrer no em costava gens. Me l'havia volgut passar pels nassos, mostrar-me que d'altres esperaven llur oportunitat, engelosir-me... Potser era una mica mesquí, però l'amor no té escrúpols. Ho sabia. Em pensava que ho sabia. Perquè encara no ho sabia prou.

Va sortir als deu minuts, vestida amb un impermeable, ja que el temps tornava a amenaçar pluja. Ajustà la reixa de la torre i, sense ni esguardar-me, s'allunyà cap a la banda de la Maternitat. Vaig seguir-la sense pressa, inconscientment atent al joc de les seves cames enfilades sobre els alts talons que li feien el pas vincladís, gairebé aeri vist des de la distància. El cos, cenyit per la tela blava i anònima, tenia la mateixa gràcia que m'encisà quan vaig veure-la aixecar-se d'aquell banc de la Diagonal i avançar cap a la parada de l'autobús, gairebé impúdicament bella sota la faldilla i la brusa que, més que amagar, revelaven la fermesa de la seva carn jove i dolorosament provocativa.

No me li vaig reunir fins als jardinets que s'obrien més enllà de les cases noves, quan vaig veure que s'aturava. Quan vaig posar-me-li al costat, però, va reprendre la marxa. Fou, doncs, tot caminant, que em digué:

—Per què has vingut?

La veu tenia una duresa volguda i hostil que em feia mal, i potser per això la meva resposta gairebé va ser humil:

—T'havia de veure, Juna.

—No ens ho vam dir tot, ja?

—Potser no.

—Vas fugir com si acabessis de veure un monstre. I ho sóc! —exclamà mentre em mirava per primera vegada—. Ho sóc si voler defensar la pròpia felicitat per damunt de tot converteix una persona en un monstre.

Jo vaig mormolar, gairebé pel coll de la meva camisa:

—Després ni ens podríem mirar la cara...

Tot era molt diferent de com m'ho havia imaginat. No havia previst aquelles paraules ni que, un cop al seu davant, em sentiria com anul·lat. La sentia avançar al meu costat, em fregava el cos amb els braços, el perfum dels seus cabells m'embolcallava... Una criatura deliciosa a l'abast de la mà i, al mateix temps, tan remota com l'estrella que, d'infant, deia que era meva. Mai no ho havia estat, és clar, i potser tampoc no ho seria ella si no trobava la paraula justa, el to convenient, el gest que calia.

No havia contestat la meva observació i anàvem caminant en silenci, com dos transeünts que l'atzar ha reunit un moment i que tot seguit separarà. Ja érem prop del camp del Barcelona quan va aturar-se en sec i féu:

—Quan en tinguis prou, digues-m'ho i podré tornar cap a casa.

—Mai no en tindré prou.

—Doncs jo sí; ara!

Inicià un gest, amb la intenció de tombar-se, però aleshores, inesperadament, un llampec d'ira em galvanitzà de dalt a baix i la meva mà, ràpida, li subjectà el braç. Abans de pensar-les, les paraules se'm precipitaren a la boca.

—Tu no et mous d'aquí!

No va immutar-se. Llambregà breument els dits que la premien i preguntà:

—Per què?

—He vingut per fer-te entrar en raó, per aclarir d'una vegada...

—No hem d'aclarir res.

—És clar que sí. I ara mateix!

—Deixa'm anar!

—Quan vulgui!

—Em vols retenir per la força, que donem un espectacle?

—Tant me fot! —vaig cridar gairebé—. N'estic tip, tip!

Ella continuava serena, freda com un marbre dalt del seu pedestal. Escopí:

—Vés-te'n! T'odio!

Ara vaig ser jo qui es convertí en estàtua de sal. El mot, tan inesperat, em fuetejà la cara com un cop de tralla, em percudí cor endins, fins a esclafar-me'l. La ira s'evaporà com un foc d'encenalls faltat d'aliment i vaig deixar caure la mà. Vaig tombar-me.

Vaig sentir que se m'arrapava, convulsa, i els meus ulls ensopegaren amb un rostre desfet, sense rastre de bellesa, patètic.

—Perdona, perdona! No sé què em dic, no... Xavier, Xavier, perdona'm! T'estimo, t'estimo, t'estimo...

Vaig tocar-li la cara, entendrit com no recordava haver-me sentit mai, a punt de plorar. Una veu, dintre meu, m'assegurava: és teva, ben teva... La veu de cada dia va dir mentre li agafava la mà amb la meva:

—Vine.

—Sí, Xavier, sí... —Només al cap d'un moment, preguntà—: On?

—No ho sé.

Per això vam quedar-nos on érem mentre la nit davallava amb una velocitat increïble. Érem sols contra les tanques del camp, semblants a dos insectes presos en una xarxa que a poc a poc els asfixia.

—No en parlarem més —vaig dir.

Ella em va entendre, els seus ulls ho mostraven prou bé, però no assentí, no replicà.

—No en parlarem més —vaig repetir.

Va alçar la mà que tenia lliure fins a la solapa de la meva americana i féu:

—Jo vull estar amb tu.

—Ens casarem, ja t'ho vaig dir. Serem pobres si cal...

La mà va anar relliscant, els llavis es tancaren en un mutisme estrany.

—Mira'm, Juna.

No ho va fer, però digué:

—Tu no saps... Xavier. —Aleshores aixecà els ulls—. Cal que em senti segura, que... Ara tot són paraules, i això tan nou, tan... Només vull el que és meu.

—Un dia ho tindràs.

—Ara, Xavier. —La mirada li tornava a vibrar—. Què vols? Tancar-me en una cuina, omplir-me de fills, mirar-me distretament de tant en tant mentre penses: com ha canviat!

—No té res a veure amb els diners, tot això.

—Em vas dir que la teva mare feia feines per les cases, que vetllava malalts... I si ho haig de fer jo? La vida la vull passar amb tu, no amb els altres.

—Trobaré una altra feina.

—Una altra feina! Viurem sempre penjats, preocupats pels diners que no arriben enlloc, pels deutes, pel lloguer, pel rebut de la llum, del gas...

—És ridícul!

—Pensa en casa teva. De què parla la teva mare? Per què s'interessa?

Jo callava. La mare feia anys que no parlava de res més.

—De vegades, em penso que per a tu només sóc un caprici i que, si estàs disposat a casar-te amb mi, és per fer-te'l passar. Però jo...

—Calla, Juna, calla!

—Em veus tan bonica que les mans et segueixen els ulls i només penses en això, a despullar-me, a dormir amb mi. Vull que m'estimis a més de desitjar-me.

—Però si t'estimo, Juna, t'estimo! No veus...

—No prou.

—No ens podem entendre —vaig dir aleshores—. Tu m'exigeixes molt, però què em dónes, a canvi? Tot ho fas dependre dels diners, i una dona que estima, que estima de veritat, no se'n preocupa, d'això. Només pensa en viure amb l'home que estima, sigui com sigui, sigui on sigui. Ni és capaç de negar-se si ell la demana. I tu...

Ella es mossegava els llavis i, quan els obrí per parlar, vaig veure que semblaven clivellats com després d'un accés de febre.

—No, Xavier —va dir, i la veu li tremolava una mica—. Sóc com les altres.

—Doncs vull dormir amb tu —vaig contestar jo brutalment.

—Sí.

—I sense condicions. Només perquè m'estimes.

—Sí —repetí ella—. Mai no havia pensat... Però sí, Xavier. Si això t'ha de convèncer. Quan vulguis.

—Juna...

Em tornava a sentir humil, i petit. Gairebé tímidament, vaig tocar-li la cara i ella l'abaixà una mica, em besà la mà. Un moment després estàvem abraçats i jo enfonsava el cap entre els seus cabells mentre deia:

—No, perdona... Perdona'm tu, ara. No vull res que no vulguis.

—Ho vull, Xavier. Ho he volgut sempre, ja ho saps...

—Podem esperar...

—No... Només et demano una cosa.

—Quina?

—Que no em portis a qualsevol indret. Un lloc on estiguem sols i no hi hagi estat ningú més.

Vaig dur-la a casa. L'endemà. La mare no tornava mai fins a les nou, un quart de deu, i disposàvem de dues hores. Per tal de fer-ho més discret, vaig donar-li la clau de la reixa que separava les nostres habitacions de l'escala de la casa. Jo entraria per darrera, per la porta de fusta protegida per una planxa de llauna, ara rovellada, que comunicava amb el carrer de sota. L'edifici, a Horta, era penjat en un desnivell i, des de la porta principal, calia recórrer un curt passadís al fons del qual començaven els seixanta-tres graons que menaven a l'antic estudi que la mare i jo ocupàvem. No hi havia portera i els veïns eren gent discreta que solien estar-se tancats a casa. Jo gairebé sempre utilitzava la porta del pati, com la mare, i sovint ens passàvem setmanes senceres sense obrir la reixa, perquè ni a l'un ni a l'altre no ens agradava de pujar escales. Només teníem una clau, que generalment penjava al costat de l'armari, i aquell matí vaig esperar que la mare fos fora per desar-me-la a la butxaca Havíem convingut que, al migdia, ens trobarien un breu moment a l'estació de Catalunya, i jo vaig passar-la-hi mentre travessàvem d'una sortida a l'altra pel passadís subterrani. Vam dir pocs mots, i encara perquè a mi se m'havia acudit que el dia abans vam separar-nos sense haver-li preguntat per aquell xicot que l'acompanyava.

Ella va riure:

—Gelós?

—Per això me'l vas passejar per davant, oi?, perquè m'hi sentís.

—No. T'asseguro que va ser una casualitat.

—És clar. I qui és?

—El meu cosí. Tinc una altra tia, a Barcelona. Vam trobar-nos i m'acompanyà una estona.

—I per què vas passar com si no em coneguessis?

Va sostenir-me la mirada.

—Què havia de fer? Ja recordes com ens havíem separat, el vespre abans.

—Sí... I si ahir a la tarda no hagués vingut a rondar per prop de casa teva... Ho donaves per definitiu, tu?

—Ja saps que no. T'hauria vingut a buscar jo. —Rigué—. No et deixo escapar tan fàcilment!

Durant aquell breu moment semblàrem uns altres. Contents, alegres, lleugers. Per força m'havia d'adonar que mai no ho havíem estat i que sempre, des de la primera tarda, ens vam moure en un ambient tèrbol, en el qual ens vam complaure perquè, fins a cert punt, ens expressàvem tal com érem. Havia brollat una flama i ens encaràvem ardents, desbordats per una cobejança que ens atreia, que ens fonia, tan dura i exasperada que la mateixa rialla, quan es produïa amb espontaneïtat, era més un esclafit eròtic que una manifestació d'autèntica alegria.

Vivíem en un món enterament nostre, a part, el món que gairebé oblidàvem mentre avançàvem pel corredor del metro però que tornaríem a trobar, amb tota la seva intensitat, unes hores després, aquella mateixa tarda. El món, de fet, que ja m'esperava quan vam dir-nos adéu i el ressò d'aquell intencanvi verbal lleuger s'extingí, sense que vingués a substituir-lo del tot la preocupació professional que, un cop més, m'esperava en forma de dones que després d'unes paraules preliminars s'avenien a deixar-me entrar al vestíbul de la seva llar on, sovint a peu dret, canviàvem les nostres indiferents confidències sobre productes de noms breus que les campanyes publicitàries havien imposat i que jo oblidaria llestament quan, tancada la darrera porta, agafaria un taxi per tal d'arribar més d'hora a casa.

Ella ja hi era. Quan vaig empènyer la porta interior, només ajustada com de costum, la vaig veure confosa en la penombra de l'habitació, arraulida sobre el divan que em feia de llit. De fet, dormia. S'havia tret el vestit, ara penjat al respatller d'una cadira, i tenia una cama replegada sota el viso, l'altra allargada fins a l'extrem d'on la manta penjava. M'hi vaig atansar.

Amb els ulls closos i la cara com abandonada, continuava sent tan bella com sempre, però havia sofert un canvi. El rostre que contemplava, i l'expressió, eren més innocents, amorosits per una mena d'ingenuïtat que desmentia l'actitud vagament voluptuosa del cos que el viso no acabava de cobrir. Vaig mirar-la llargament, seduït per la gràcia animal dels membres immòbils i exposats, pel dibuix dels llavis que havia badat una mica, per la tofa de cabells que li amagaven tot el front i part de la galta.

Després vaig avançar la mà cap a l'espatlla nua, on els tirants del viso i dels sostenidors s'havien separat i, al moment que anava a tocar-la, vaig adonar-me que havia obert els ulls, que em mirava també.

Ens vam somriure, de primer sense paraules, un doble somrís contingut però expressiu, el seu més dolç que de costum, potser encara una mica remot perquè tot just acabava de despertar-se.

Vaig asseure'm al seu costat i ella anà replegant més les cames, fins que reposaren contra meu, i redreçà una mica el cos.

—M'he adormit —digué.

—Sí... Feia estona que m'esperaves?

—A dos quarts de set ja era aquí. I esperant...

Es va interrompre, perquè m'abocava al seu damunt i, passant-li un braç per darrera l'esquena, l'obligava a incorporar-se més mentre jo m'ajupia. Tenia els llavis molt càlids, una mica blans, consentidors.

—Xavier, Xavier... —feia.

Tot seguit, però, vaig adonar-me que es replegava contra la paret mentre la veu li canviava:

—No, Xavier... no...

No ho devia entendre, continuava subjectant-la, prenent-la, però ella s'escapava sense escapar-se, arraulida ja en un espai inversemblant, un genoll dreçat al meu davant, contra el ventre.

—No puc, no puc! —gairebé xisclà.

Amb un moviment brusc, intentà saltar del llit, gairebé ho aconseguí, perquè quan vaig poder retenir-la ja tenia un peu a terra.

—Juna!

Cara contra cara, ens fitàvem amb uns ulls envermellits, alhora precisos i vagues.

—No, Xavier... Si et plau, si et plau, si et plau...

Era una queixa ininterrompuda i no podia ignorar-la tot i la urgència insostenible del meu desig.

—Però Juna...

Gairebé plorava, ella. Tenia una cara estranya, contreta, sense hostilitat. Feia llàstima de veure.

—No puc —repetí.

—Però per què? I aquests besos, aquestes carícies...

Se m'abraçà.

—És que t'estimo!

—No prou, pel que veig.

—Sí, Xavier, sí! Tinc por de perdre't... I això, aquí...

Va deixar-se anar i, amb un gest, indicà la cambra. Un moment, la vam examinar tots dos. No era un dormitori, era el menjador. A l'altre extrem hi havia la taula, les parets no havien estat mai pintades, s'hi veien encara les taques de color que hi havia deixat el pintor que va ocupar-lo anteriorment, els bufats de la humitat... Com si se li escapés, va dir:

—És sòrdid.

—No tinc res més —vaig contestar.

Ella va passar-se les mans per la cara, rebutjà els cabells despentinats.

—No podria viure en un indret com aquest. No podria...

—No tinc res més —vaig repetir.

Continuava aclofada, les mans contra la cara, però per sota li veia els llavis convulsos que semblaven lluitar contra les llàgrimes. Després es redreçà, va aixecar-se. El cos li resplendia en la penombra, gràcil i enlluernador, desesperadament perfecte. Inconteniblement, vaig allargar les mans.

—Què he de fer, Juna?

Una ànsia dolorosa va créixer pel meu cos, augmentà fins a punt de rebentar-se i va restar ancorada per l'eternitat.

—Què he de fer? —repetia.

—L'oncle... —digué ella baixet.

Les mans se'm van crispar, vaig clavar-li les ungles a l'esquena i gemegà dèbilment, però sense moure's, més repenjada si era possible, inundant-me amb la fragància acre i primaveral del seu cos tens com un arc.

—Seria tan senzill...

—Una vida, Juna...

—Quina vida?

Va deixar-se caure sobre un dels meus genolls, ben arraulida, les cames entreobertes, la galta premuda a la meva galta.

—És com un insecte —va dir.

El cap em donava voltes, em sentia marejat, tancava i obria les mans espasmòdicament, martiritzant-la encara, acariciant-la... No sabia què em feia. I ella anava parlant:

—...ho tinc tot pensat... una nit, quan nosaltres...

—I la policia? —vaig preguntar aleshores.

—No pot passar-nos res. Ningú no sabrà mai que hem estat nosaltres...

—Tots els... —vaig empassar-me la saliva davant la paraula—, tots els assassins creuen el mateix.

—Però això és diferent. Escolta...

—No, no pot ser.

Se'm va prémer més, em besà.

—Estarem sempre junts, sempre... No ho veus? No te'n penediràs, Xavier. T'ho juro. Jo...

—Ens agafaran —vaig fer, obstinat.

—No, no podran. Ningú no et coneix, no tens cap relació amb ell, no hi ha cap motiu... La policia no pot fer res, no pot descobrir res quan no hi ha un motiu.

—Però hi és. Sospitaran de tu i, de fil en agulla...

—No...

Em tocà la cara, em féu mirar-la.

—Serà una cosa perfecta, perfecta de veritat. Mira...

La vaig deixar explicar. Ningú no sabia que nosaltres dos ens coneguéssim, per a més seguretat des d'aquell moment deixaríem de veure'ns, escolliríem una nit que ella sortís amb la seva tia i així tindria una coartada...

—Per si no ens hem de veure —vaig objectar— ¿com podrem convenir el dia?

—Et telefonaré.

—No tinc telèfon, ja ho saps.

—A l'oficina.

—Hi sóc poc... No, tot plegat és una ximpleria. I l'arma, què? L'he d'escanyar, apunyalar?...

—Té una pistola, la hi pots agafar.

—Una pistola?

—Sí. Recorda que és militar. La pistola de servei. La guarda.

—I com me'n puc apoderar?

—Molt senzillament. Ja t'explicaré on és.

—Però continuo sense tenir telèfon.

—Algun veí... Quan vols telefonar, on vas?

—De vegades, al principal. Són els veïns que coneixem més.

—Doncs ja n'hi ha prou. Convindrem una hora, perquè siguis a casa.

Vaig deixar-la relliscar cap al llit, i, lentament, em vaig aixecar.

—Tot és deixar rastres.

—Des del moment que no et relaciones amb mi, no. Donaré un altre nom, que també convindrem... De vegades, la meva tia i jo sortim de nit, anem al cine, i ell no ve mai, perquè no li agrada. És un home molt metòdic. A la tarda se'n va al Cercle i fins a les deu no torna a casa. Però aleshores ja no surt més. Ordena la seva col·lecció.

—Quina col·lecció? D'armes?

Encenia una cigarreta amb els dits tremolosos, i ella allargà la mà.

—Dóna-me'n una.

—No sabia que fumaves.

—De vegades.

S'inclinà sobre el llumí i tot el rostre i la part superior del cos sortí de l'ombra, revelant així un cop més, ara ben visiblement, les sines joves i orgulloses. Va adonar-se que la meva vista s'hi havia clavat i, amb la cigarreta a la boca, féu un gest per tal de recollir els sostenidors que eren sobre la manta. Quan va veure que havien quedat inutilitzables, enfilà el viso mentre tornava a parlar:

—A les dotze se'n va a dormir...

—De què és la col·lecció?
—Ah, sí, de segells. Cada nit hi dedica una bona estona... Jo et deixaré la finestra oberta, entres a l'habitació, obres el calaix de la tauleta de nit on guarda la pistola, l'agafes i te'n vas al despatx.
—No sé on és l'habitació, ni el despatx.
Ella digué, reposadament:
—Per què no encens el llum?
Ho vaig fer. Sota la llum crua de la bombeta que penjava del sostre el menjador encara semblava més miserable que moments abans. Però ella, la seva persona, s'hi avenia. Asseguda sobre el llit, amb el viso que li penjava tot just fins a l'inici de les cuixes, despentinada i amb la pintura dels llavis que se li havia escampat cap als costats, la seva aparent deixadesa harmonitzava amb les parets bufades, amb el terra escrostonat, amb el sotre de bigues descobertes i ennegrides. Però no per això era menys desitjable. La línia suau de les espatlles, el rostre intens, concentrat, tenien quelcom de patètic que incitava potser encara més que la seva exuberància quan es llançava entre els meus braços. Vaig tornar a deixar-me caure al seu costat.
—Juna...
—Què, Xavier?
—Em fas mal. Em fa mal veure't tan bonica...
Somrigué i acceptà el contacte de les meves mans que s'allargaven, modificà imperceptiblement la seva positura i sospirà mentre l'acariciava. Després se m'abraçà, i, baixet, digué:
—Què penses de mi, Xavier?
—No ho sé. No penso. No puc pensar. Si pensés...
—Què?
—M'allunyaria de tu com del foc. Farem un disbarat.
—No, ja ho veuràs. —Va separar-se una mica—. No em toquis més.
—Si ho pogués evitar!
—Sí. Pensa en després. Sempre junts...
—També hi podríem estar ara.
—Ja hi tornes? —es queixà ella—. Si hi hagués el

més petit perill, no t'ho proposaria. Però no hi és. —I tot seguit—. Dóna'm un paper i un llapis. Es fa tard...

Em vaig treure un bloc de la butxaca i ella gairebé me l'arrabassà de les mans. Nerviosament, començà a traçar unes línies. Poc després, s'havia convertit en un plànol, inhàbil, sumari, però suficient.

—Mira... Aquí hi ha una finestra. És la que et deixaré oberta. Correspon a la de l'habitació d'ells dos. La tauleta és en aquesta banda, després del llit, i la pistola dins. Sempre la té carregada... A l'altre costat hi ha la porta, és això... Quan siguis al passadís, només et cal seguir-lo cap a la banda de davant, el despatx és a la dreta, la segona porta. Probablement la tindrà oberta, no sol tancar-la mai. La taula queda al costat esquerre, entre la porta i la finestra, i ell deurà estar assegut al darrera... Ho has entès bé?

Vaig assentir silenciosament, amb un gest. La cosa era seriosa, en certa manera ja havia passat de l'estadi de les paraules; aquella concreció de plans ens situava a frec mateix de l'acció... Un assassinat. Un assassinat a sang freda. Al pols, em tremolava un nervi, un múscul, no sabia què era; em tremolava alguna cosa que percudia cap endins, pesada com un tros de plom, com un projectil, com la bala que...

Em vaig aixecar de nou. La cigarreta era per terra, m'havia caigut sense que me n'adonés. Ella encara tenia la seva a la boca i m'esguardà des de darrera la minsa columna de fum.

—No m'escoltes, Xavier?

—Sí.

—Què et passa?

Vaig explotar:

—Què em passa? Que no he matat mai a ningú!

—Ni jo —digué simplement ella.

—Ni ho faràs. Sóc jo, jo...

Em colpejava el pit, teatralment. Ella deixà el bloc, s'incorporà.

—Xavier... No perdem el cap. Si pogués, més m'estimaria fer-ho jo, t'ho asseguro.

Vam mirar-nos llargament, l'un davant de l'altra, immòbils i silenciosos, desconeguts, separats per un abisme infranquejable. Però només va ser un instant. Fins que ella féu un pas cap a la cadira, recollí les mitges que havia deixat sobre el vestit i s'assegué de nou per posar-se-les. Aleshores vaig preguntar-li:

—Què fas?

—Me'n vaig, Xavier. Tu i jo no ens hem conegut.

No vaig contestar. Almenys no pas amb paraules. Però un segon després reposava estenellada sobre el llit, les mans premudes contra la galta vermella que devia haver quedat dibuixada amb els meus cinc dits, les mitges caigudes per terra.

Vaig anar fins a l'armari i en vaig treure una ampolla mig buida de conyac comprat a granel. Ella plorava. Sentia el gemec contingut mentre m'abocava el licor al got i l'engolia d'una glopada. Vaig repetir-ho.

De nou al costat del llit, vaig estirar-la pel braç obligant-la així a descobrir-se la cara, a mig incorporar-se.

—Repeteix-ho.

Els ulls li llampeguejaren.

—Ets... ets...

Naturalment, uns segons després érem l'un en braços de l'altre tendres i apassionats; cremant com una bardissa seca, llavi contra llavi.

—Ho podries fer?... Digues, te'n podries anar?

—Mai, mai! —feia ella—. Mai, Xavier! Besa'm!

El cor em glatia. Però ara ja no ignorava que al final em rebutjaria, com va fer, i que tornaríem a seure al caire del llit amb el bloc obert al nostre davant, repetint apressadament tot allò que havíem dit, perquè el temps corria, eren ja gairebé tres quarts de nou, la mare no tardaria...

—Podem fer veure que es tracta d'un robatori, prens alguna cosa de valor... L'àlbum mateix. Té segells que valen molts diners... Et poses guants, naturalment, no has de deixar rastres...

—I tu i jo quan ens veurem? Si la policia desconfia, com desconfiarà...

—Jo m'hauré de quedar mentre duri la investigació, és clar. Després me n'aniré al poble i quan hagi passat un temps prudencial... Diguem sis mesos.

—Sis mesos!

—Hem de ser prudents. Cal que sigui una cosa perfecta, ja t'ho he dit. Als sis mesos exactes del dia que... del dia —repetí sense decidir-se a precisar—, tornaré. Però tu i jo no ens coneixerem. Mira què he pensat...

Era realment perfecte, ho havia previst tot, absolutament tot. Als sis mesos del crim acudiria al cinema, a un cinema de reestrena, vam convenir que a l'Infanta, a la carretera de Sarrià. A la primera sessió. I jo també. Cadascú pel seu costat, dos estranys, dos desconeguts. Ella, però, aniria acompanyada. Volia un testimoni. Dins, jo m'asseuria al seu costat, faria algun comentari en el curs de la projecció, ella no es mostraria esquerpa, a poc a poc aniríem lligant coneixença, durant el descans li proposaria de beure alguna cosa, en acabar-se la sessió l'acompanyaria. Tot semblaria natural. Molts que acaben per festejar s'han conegut així.

—I qui portaràs amb tu?

—No ho sé, encara. Una amiga. Tinc altres amigues, a més de la paralítica que vaig a veure els dissabtes. L'essencial és que a partir d'ara no hi hagi cap contacte, absolutament cap, entre tu i jo.

—I si algú ens ha vist, s'ha fixat ja en nosaltres...

—No hem trobat cap conegut. I encara que així fos. Hauran passat sis mesos. I, sobretot, si ens han vist, que ja et dic que no ho crec, no ens poden haver vist més d'una vegada. No té res d'estrany veure una noia amb un noi. Al cap i a la fi, conec molts nois, també...

—Sis mesos... —vaig dir encara.

—És imprescindible, Xavier. ¿Et creus que no serà difícil, per a mi? Però després... Per tota la vida, Xavier. Te n'adones?

Em besà ràpidament, però va separar-se tot seguit. Faltaven cinc minuts per a les nou. Mentre es vestia digué:

—Apunta'm el número d'aquests del principal... No

donaré el meu nom. Diré que sóc Clara. Quina hora et sembla...

—A migdia. Entre dos quarts de tres i les tres.

Després vam sortir al pati, obrírem la porta i ens quedàrem uns segons en la penombra profunda del peu de les escales, reixa enfora. Va agafar-me una mà, me la premé i hi refregà la galta.

—Ho recordaràs tot?

—Sí, i m'he quedat el plànol.

—Esquinça'l, abans de fer res.

—Sí.

—Xavier...

Va abraçar-me, avançà els llavis, xiuxiuejà:

—No sé què em passa... No voldria moure'm d'aquí...

—Encara ets a temps de quedar-te, si vols —vaig dir-li—. Ja m'entens.

Esclafà la boca contra la meva, es desenllaçà i digué:

—Adéu, Xavier. Que tinguem sort.

Va córrer escales amunt, s'aturà un moment en arribar al replanet, però era massa fosc perquè pogués veure si aixecava la mà, només distingia la massa més obscura del seu cos que després reprengué l'ascensió i es va fondre en la llunyania de l'entrada. Darrera meu, a l'altra banda del pati, la porta de fusta deixà escapar el grinyol de les seves frontisses mal oliades i la veu de la mare preguntà:

—Ets tu, Xavier?

ELS FETS

No va telefonar-me fins el divendres, sis dies després. Sis dies immensos, desusats, durant els quals no havia pogut pensar en res més. A l'agència havíem donat per acabada l'enquesta sobre la presentació de la marca de detergents i ara havíem iniciat un estudi per compte d'una casa del ram de conserves que, seguint les orientacions d'en Sorribes, volia esbrinar per què la gent compraven tan poques prunes confitades. Any darrera any, el mercat d'aquesta mena de productes havia restat estacionari, en neta contradicció amb l'augment constant i regular que s'observava en la venda d'altres fruits confitats. Sorribes i jo coneixíem la resposta, si més no una resposta, perquè les cases americanes del ram s'havien vist amb el mateix problema i tots dos havíem tingut ocasió de donar un cop d'ull als resultats obtinguts pels assessors publicitaris d'aquell país que s'havien ocupat de l'assumpte. És clar que en Sorribes no en va dir res al client i preferí procedir a la nostra pròpia investigació. Com va explicar-me, cada poble té una psicologia distinta i les causes de la poca venda de prunes confitades al nostre país podien obeir a factors que els americans ni sospitaven. Vam començar, doncs, prescindint de tot coneixement previ, interrogant de primer els detallistes del ram, prop dels quals confiàvem trobar un ressò de les opinions d'una clientela que s'abstenia. Però els resultats no eren encoratjadors. Potser la culpa era en part meva; jo mateix m'adonava que posava poc entusiasme en la feina, que les meves preguntes eren poc àgils, mancades d'habilitat, que tenia distraccions i que aquella falta d'interès amb què procedia era tan palesa que, automàticament, suscitava una semblant despreocupació en les persones que interrogava. Ben cert que l'assumpte no tenia res d'apassionant, però no es tractava d'això. Altres cops havíem hagut d'investigar a propòsit de mercaderies encara més àrides, com quan vam realitzar una enquesta en profunditat per compte d'un fabricant de cordons de sabata que pel que sembla encara no s'havia adonat, ni nosaltres tampoc, cal dir-ho, que recentment s'estava imposant un calçat que se'n passava.

Era jo, doncs. Era la Juna. Era aquell projecte tan meticulosament preparat. Eren els meus dubtes i vacil·lacions, la meva revolta íntima que només cedia cada cop que tornava a evocar els seus braços falaguers, el seu rostre aprofundit per uns ulls on cremava la febre de totes les promeses, el seu cos que les faria possibles i hi donaria acompliment. Era el rosec d'una incomoditat tan palpable com una plaga que em faria viure precàriament mentre durés l'espera. Hi havia matins que em deia: no! No acudiria al telèfon, renunciaria a aquell futur delirant al seu costat, cercaria una altra noia que em fes oblidar uns contactes que m'encenien la sang... Però aquest era el mal, que me l'encenien encara, que em bastava evocar un gest, una actitud, de vegades fins i tot una paraula, per a caure de nou en el remolí dels sentits exasperats que ella havia sabut tensar com una corda a punt de trencar-se.

No menjava, no dormia, em passava les hores lliures a casa, assegut als peus d'aquell llit on havia estat a punt de tenir-la, i només de lluny en lluny una sotragada d'energia pueril em feia redreçar amb una rialla embogida i cruel. I aleshores em passava cinc minuts insultant-la, tractant-la de tot. Què s'havia cregut? Era una perduda, mercadejava amb el seu cos, me l'havia refregat per la cara amb una impudícia de professional, però més segura d'ella mateixa, perquè la naturalesa li havia donat una bellesa... Plorava. Després d'aquests accessos, plorava. Perquè hi havia quelcom més, quelcom que sobrepassava l'anhel immediat de la possessió física. En la seva manera de ser dona, en la seva aparença, hi havia alguna cosa que em descobria unes possibilitats adormides, que potencialitzava la meva persona... No ho veia clar, no ho hauria pogut definir ni donar a entendre a un estrany, potser perquè en aquells moments vivia pertorbat, però sabia que des que ella féu irrupció en la meva vida tot era diferent, que mai més no tornaria a ser el d'abans, que la sola contemplació de la seva beutat m'enriquia interiorment. Tot d'una, en la cambra closa de la meva vida, algú havia obert la finestra.

Potser per això la maleïa més en els meus instants d'ira, de protesta, quan una fugissera lucidesa em deia que ara ja no podria acontentar-me amb res que no fos ella, perquè sota el seu esguard, en la seva presència, m'havia acostumat a vibrar amb una sensibilitat desconeguda, amb una intensitat en comparació a la qual la meva vida anterior semblava morta, una pura contradicció. Era l'aigua que em calia beure, tenir si més no a l'abast de la mà, dels ulls, una aigua que emmirallava el meu deler infinit de perdre'm, de negar-me, en un acte total que en definitiva només exigia que ella existís, que existís per a mi i al meu costat. Com era. Sense condicions...

Amb la mare, havia deixat pràcticament de parlar-m'hi i convivíem com dos forasters que per un desgraciat atzar han coincidit a la mateixa posada. Ens havíem enfadat dues vegades i, el darrer cop que s'interessà pel meu aspecte desmillorat, vaig contestar-li grollerament, sense respecte. De sobte, em feia nosa. Tot em feia nosa.

La seva preocupació m'ofenia en la mesura en què m'obligava a abandonar, ni que només fos momentàniament, i mai del tot, aquella trinxera darrera la qual em refugiava mentre, desesperat, tractava de justificar una acció que sabia que acabaria per cometre, ja que, a despit dels moments de revolta, havia iniciat tots els preparatius que havien de contribuir a assegurar la meva impunitat. Havia comprat una llanterna elèctrica, uns guants de cotó, un ganivet per si a darrera hora sorgia algun obstacle que em privés d'apoderar-me de la pistola, unes espardenyes que calçaria aquella nit i que després cremaria al foc de casa, en absència de la mare. Com tothom, havia llegit novel·les detectivesques i sabia o em pensava saber que sovint la policia en té prou amb uns indicis ben magres per a descobrir el criminal, que una petjada em podia trair... Per remota que fos la possibilitat d'associar-me al crim, volia extremar totes les precaucions, que mai no pogués ser dit que, per culpa meva, havíem fracassat. Si havia de ser una cosa perfecta, ho seria. En responia.

De fet, dintre meu treballaven unes quantes persones que no es podien entendre. L'home honest que havia estat fins aleshores, respectuós amb l'ordre i amb la llei convencionals, l'home íntegre que accepta, sense discutir-los, uns valors que no acaba de precisar-se però que li han ensenyat a creure desitjables; el xicot que per primera vegada descobreix un objectiu concret, un bé conquerible només a través d'una prova, passada la qual haurà donat sentit a la seva existència; el ciutadà temorenc de la justícia, desitjós de viure sense complicacions i, en darrer lloc, l'individu que a despit de tots els condicionaments a què ha estat sotmès no se sent a gust en la mena de societat on li ha tocat de viure, prou intel·ligent per a observar que ha caigut en una trampa preparada ja d'abans de la seva naixença i dins la qual morirà, una trampa que el condemna a la misèria, a la rutina, que limita els seus horitzons i el converteix en un ser carregat de deures i sense cap dret, espoliat per una circumstància a la qual no ha contribuït i que el minimitza...

Tot, al meu entorn, havia conspirat per fer de mi un irresponsable. Però aleshores no ho acceptava encara, no ho acceptaria fins que la senyora Morell, la veïna del principal, no baixés a cridar-me perquè una noia em demanava al telèfon. I ni en aquell moment, perquè continuava pensant que actuava com un ser lliure, que acceptava precisament una responsabilitat i que dins meu hi havia una persona moral que entre dos mals decidia pel més petit. En aquell instant tots dos, ella i jo, volíem el mateix. Perquè jo també era un monstre.

Vam dir unes paraules molt breus.

—Xavier?...

—Sí.

—Aquesta nit.

No vaig contestar.

—No em sents?

—Sí.

—A partir de dos quarts d'onze.

—Sí.

—Sort.

I penjà.

Encara hi era a temps, si volia, i mentre baixava de nou cap al nostre reducte, on la mare i jo dinàvem l'un davant de l'altre, però separats per una paret, vaig conèixer els darrers cops de cua d'una pugna que, abans de resoldre's definitivament, m'esqueixava en dues meitats.

En algun indret, però, tot era decidit, ho havia estat sempre. I ho sabia.

A les deu vaig posar-me en camí. Duia el ganivet, la llanterna, els guants, les espardenyes. Abans de sortir de casa havia cremat aquell esbós de plànol, ara ben memoritzat.

Un tramvia em va dur fins a la plaça de la Universitat i un altre fins a les Corts. Vaig baixar a la darrera parada i, pels carrers foscos, vaig anar davallant lentament. No volia arribar-hi abans de les onze.

La torre era tancada, sense cap llum. Si ell era al despatx, devia haver clos la finestra. Al cap i a la fi, de nit encara fresquejava.

Les altres cases i torres properes també semblaven

mortes, no hi havia ningú a les portes, tot reposava en un silenci tofut, expectant. Les mans em tremolaven lleugerament i vaig haver de ficar-me-les a les butxaques.

Passaven uns minuts de les onze quan m'aturava a frec de la paret de pedra que aïllava la torre del carrer. La Juna no m'havia indicat quin seria el millor indret per a escalar-la, potser perquè no era excessivament alta. Però era llisa.

El fanal més proper era a cinquanta o seixanta metres i només il·luminava un ròdol buit de grava. Entre ell i la torre, un arbre filtrava més obscuritat que claror.

Al lluny va sentir-se la remor d'una porta i després un trepig de passos, però aviat van perdre's en la distància. Un moment, vaig escoltar encara, els ulls afinats cap al fons del carrer. Mecànicament, com si ho hagués fet tota la vida, em posava els guants. Mai no n'havia duts, ni de petit.

Ben dreçat contra la paret, vaig subjectar-me a la capterrera amb les puntes dels dits, amb tota la mà, amb el colze... Ara ja no tremolava. A poc a poc, però amb seguretat, anava hissant el cos fins que el ventre reposà contra la llosa.

A partir d'aleshores, tot va ser fàcil. La grava del jardí cruixí breument quan vaig deixar-m'hi caure instintivament arrupit per tal de reduir la massa del cos, la seva visibilitat. Però aquí dins encara era més fosc.

Vaig anar avançant a frec de paret, tot estudiant l'edifici, les finestres, només una de les quals recollia una mica de llum del fanal del carrer. La meva era la segona, a l'angle de la torre. En aparença, era tan tancada com les altres.

Quan vaig empènyer-la amb la mà enguantada, però, cedí, darrera el batent que s'obria, una massa fosca, impenetrable, em colpejà el rostre amb la seva calor animal, amb una sentor de cambra mal ventilada.

Dins, hi havia el mateix silenci que fora, més greu encara, més concentrat. Se m'acudí que potser, al darrer moment, en Virós havia decidit d'acompanyar les dues dones. Per això de primer vaig travessar cap a la porta i vaig espiar el passadís. D'una habitació de l'altra banda s'escapava un raig de llum. Tot seguit, algú s'escurà la gorja, estossegà.

Ara el cor em corria amb un rebombori terrible. Se m'escapava per la boca, m'ofegava. Vaig haver de repenjar-me contra el muntant, vençut per un pànic insensat, cerval, que no havia sabut preveure. No havia sabut preveure res. Perquè fins ara, fins en aquest segon precís, aquell acte proper no abandonava la meva imaginació per convertir-se en realitat. Havia assentit als projectes de la Juna, havia realitzat tots els preparatius a consciència, havia penetrat clandestinament a la casa... Però tot havia estat un somni. I ara em despertava. Dins d'uns moments, mataria un home...

La suor em regalimava per la cara, em clavava la camisa a la pell, em xopava els guants que em feien una calor insuportable... Una cadira relliscà pel mosaic i uns segons després m'havia redreçat, el ganivet a la mà. No recordava haver-lo agafat.

Vaig tornar a desar-lo a la butxaca. Ningú no havia abandonat el despatx, l'home devia continuar assegut darrera la taula; sentia fins i tot un fregadís lleu, inconfusible: l'oncle de la Juna tombava unes pàgines.

Aquella alerta, curiosament, havia aquietat el meu cor, m'havia desnuat la gargamella. Vaig retrocedir cap a l'habitació, cap a la tauleta de nit. La pistola, com ella m'havia dit, era dins.

Em va caldre atansar-me a la finestra per a examinar-la a la comparativa llum que entrava de fora. Era una arma negra, una Astra, neta, impecable, estranyament pesada. El carregador era ple i vaig passar una bala tan silenciosament com em fou possible. Així i tot, el menut espetec em féu sobresaltar, m'obligà a immobilitzar-me, un cop més atent al que s'esdevenia passadís enllà, al despatx. No se sentia res.

El cor se m'havia tornat a disparar, però vaig obligar-me a avançar cap a la porta, cap al ventall de llum que permetia de veure uns rajols vermells amb tot d'aigües, cap al llindar darrera el qual ell devia haver-se abstret en la contemplació d'algun segell, perquè el silenci era absolut.

I aleshores el vaig veure. Estava realment assegut darrera la taula, tenia una petita lupa a la mà i tot el cos s'inclinava cap a l'àlbum obert al seu davant. No era la primera vegada que presenciava aquella escena muda. Ella mai no m'havia descrit l'habitació, jo no hi havia pensat mai, però ara la reconeixia. Era una cosa familiar. I ho era l'home, un individu calb, bigotut, vestit amb una jaqueta de pijama d'un color torrat, molt discret, uniforme, alterat només per dues inicials, E. V. brodades a la butxaqueta que, sense això, gairebé no hauria estat possible de distingir.

Vaig fer un altre pas, i ell encara no s'havia mogut, abocat sobre el petit rectangle de paper que no es cansava d'examinar, el colze repenjat a la taula, l'altra mà invisible, a sota. Vaig aixecar l'arma, feixuga com un cos sideral.

Però no vaig disparar. No podia. El dit reposava contra el gallet, però sense força, com si no fos meu. Una ditada freda, humida, em recorria l'esquena. Quelcom, però, una força incontrolable, m'obligà a avançar encara.

Aleshores dreçà el cap. Devia haver sentit l'alenada feixuga que se m'escapava entre les dents, el fregadís de les espardenyes. O potser no havia sentit res i el gest obeïa al fet que ja havia contemplat prou el segell. Perquè els ulls no revelaven sorpresa ni coneixement de la meva presència. No de primer, almenys.

Després els badà tant com podia, no molt, perquè eren uns ulls petits, enfonsats. Uns ulls blaus, descolorits, amb una lluïssor cruel, que ni la seva expressió d'ara, sobtada, espaordida, no aconseguia d'apagar.

La lupa que sostenia va caure sobre la taula amb una remor sorda i la cadira colpejà la paret de darrera quan va incorporar-se bruscament, amb la boca oberta, a un punt de cridar, de parlar... No sé quina de les dues coses intentava de fer, perquè ja m'havia precipitat cap a la taula i, ara sense que calgués comandar-lo, el dit es va contreure sobre el gallet.

La pistola gairebé se m'escapà de les mans. Potser per això no vaig disparar per segona vegada. No és que calgués. Una mica de sang brollà entre la taca negra que la pólvora havia deixat al pit de la seva jaqueta, la mà va alçar-se mentre el cos, com sota l'impacte d'una pressió física, retrocedia fins a ensopegar amb la cadira. Hi va caure, relliscà cap a un costat i uns moments després restava immòbil, amb el cap i els braços penjants.

Em devia quedar ben bé cinc minuts mirant-lo. Si algú hagués sentit el dispar, si la torre no hagués estat aïllada, m'haurien pogut sorprendre encara amb les mans a la massa, palplantat davant la taula, rígid com un cadàver, perquè em penso que ni respirava. Quan vaig fer-ho, l'aire petà com si hagués atansat un llumí al gas.

Era mort, no calia cap mena d'experiència per a saber-ho. Mort. Ho havia fet, doncs... Quan la pistola va caure per terra, vaig saltar fins a l'altre extrem d'habitació. En algun indret algú es queixava. No, dormia. Eren roncs. Fins després no vaig comprendre que es tractava de la meva respiració.

Vaig haver de repenjar-me al moble que tenia més a prop, una mena d'armariet bar contra el qual havia ensopegat en saltar. La porta, mal ajustada, va obrir-se amb un petit grinyol que em dreçà els cabells sobre el cap.

Les cames em feien figa, aquella tremolor primera que em sobtà al carrer havia reaparegut, no aconseguia d'immobilitzar les meves mans xopes, com el front, la cara. No havia previst aquesta reacció.

Treballosament, vaig cercar el mocador, però els guants em feien nosa, tota la roba em feia nosa. Me'ls vaig treure per tal d'eixugar-me aquella secreció espessa que ja sortia freda dels porus dilatats. El mocador va quedar com si l'hagués rentat.

Les mans s'anaven aquietant, tranquil·litzant, però encara tenia unes cames de drap, no gosava d'allunyar-me del moble. Hi havia tot d'ampolles, una de conyac a primer terme. Vaig agafar-la i, a doll, vaig veure dues glopades. Una llengua de foc se'm passejà per dins, m'envigorí, les cames van afermar-se.

Fins després no vaig adonar-me que devia haver deixat el senyal dels meus dits al vidre de l'ampolla. Sortosament, hi pensava a temps. Em vaig tornar a posar els guants i vaig eixugar-lo meticulosament, una i cent vegades. Després vaig deixar l'ampolla al seu lloc.

Em refeia. Però encara no havia acabat. Ara em calia prendre algun objecte de valor, escorcollar la casa, apoderar-me de l'àlbum, tal com havíem convingut amb la Juna. Vaig mirar el rellotge. Semblava estrany, però tot just assenyalava un quart de dotze i minuts.

En atansar-me a la taula per tal de recollir l'àlbum, els rastres de pólvora, visibles a despit de la sang que havia anat xopant el pit de la jaqueta del pijama, m'obligaren a aturar-me. Li havia disparat de més a prop que no m'imaginava, de molt més a prop que no m'havia proposat. De tan a prop com si el meu braç hagués estat el seu. Un suïcidi...

Per què no simular un suïcidi? —vaig preguntar-me.

No seria més convenient? Per començar, no hi hauria investigació, allunyaria tota sospita de la persona de la Juna... Vaig quedar-me estudiant el cadàver. Els braços de la cadira sostenien el cos deixat anar cap a la dreta; una de les mans, l'esquerra, penjava entre les dues cames obertes, una més allargada que l'altra, la mà dreta, per fora del braç de la cadira, gairebé fregava els rajols.

La pistola també era a terra, només que en aquesta banda de la taula, on jo l'havia deixada caure. Únicament calia traslladar-la de lloc, col·locar-la gairebé sota mateix de la mà, com si li hagués relliscat...

Ho vaig fer. Era senzill, però no va ser fàcil, perquè, quan vaig ajupir-me per tal de collir-la, el cap em rodà; vaig estar a punt de caure. Però vaig sobreposar-me a aquella debilitat que tornà a deixar-me les mans humides. Les mans... És veritat. Havia estat a punt d'oblidar-me d'una altra cosa, d'un detall essencial. Calia que a la culata de la pistola hi hagués ben clares les seves empremtes digitals. Ja hi devien ser, és clar, però potser també n'hi havia d'altres, no sabia si la Juna havia tocat l'arma en alguna ocasió, o la vídua...

Vaig eixugar-la bé, la hi vaig ficar a la mà, oberta, i li vaig replegar els dits en una posició tan natural com vaig poder. No havia pogut sopar, aquell vespre, però alguna cosa em pujava i baixava de l'estómac quan vaig tocar la seva carn inerta i blana, tan tova com el cos d'un cuc de terra. Era repugnant.

En redreçar-me, vaig adonar-me que tenia la boca com un drap i, un moment, vaig sentir la temptació de veure una mica més de conyac. Vaig resistir-la. Em calia conservar el cap clar i encara no havia acabat del tot. Perquè no era natural que l'home s'hagués suïcidat amb l'àlbum de segells obert al seu davant, amb la lupa sobre la taula... Vaig desar-ho tot al segon calaix de la dreta, que era gairebé buit.

Què més? Mirava al meu entorn, inspeccionava el despatx per si oblidava algun detall. Tot semblava en ordre, només havia tocat l'ampolla. A l'indret on em va caure la pistola no es veia cap senyal estrany, el terra era net, polit, sense rastres de petjades...

Vaig donar-li un darrer cop d'ull abans d'anar-me'n. La taca de la jaqueta s'havia escampat encara, però aparentment no sagnava. Tot tenia un aspecte natural.

Uns instants després tornava a saltar per la finestra que vaig ajustar al meu darrera i corria cap a la paret al costat de la qual vaig aturar-me, escoltant. En algun lloc roncava un motor i vaig esperar.

Quan a la fi vaig treure el nas per damunt la capterrera, el carrer era tan solitari, tan abandonat com tres quarts abans i les torres veïnes es retallaven fosques i indiferents contra el cel clapat de núvols blancs.

No vaig voler agafar el tramvia. Ni sabia si anava, en aquella hora. A peu, vaig fer el trajecte fins al carrer de Llúria, on vaig esperar el quaranta-set.

A tres quarts d'una era de nou a casa. Vaig despullar-me a les fosques, tot escoltant, gairebé sense sentirlos, els roncs de la mare que devia jeure en una posició forçada. Els hauria de suportar tota la nit, perquè ja suposava que la passaria en blanc. Per tot el que recordo, però, als dos minuts ja m'havia adormit.

L'endemà vaig cremar les espardenyes i els guants. Va ser un procés difícil, perquè només disposava del fogó, i em va caldre regar-los amb benzina.

A migdia vaig fer les paus amb la mare. Me n'havia anat a treballar com de costum, una mica tard ja, perquè vaig haver d'esperar que ella fos fora per iniciar les meves complicades maniobres, però el matí fou un malson. Els diaris no deien res, era aviat encara, no tenien temps d'haver recollit la notícia, però d'una manera o altra allò em neguitejà. Havia intentat d'esmorzar, sense aconseguir-ho, i em sentia dèbil, esvaït. A mig matí vaig provar de beure un cafè amb llet, però em va remoure i em calgué precipitar-me als lavabos de l'establiment, on vaig vomitar.

Tenia sis visites en perspectiva, però només vaig poder-ne fer tres, i a hores d'ara encara em pregunto què devien pensar els meus interlocutors d'un individu que no sabia treure's les paraules de la boca, que es quedava callat a mitja frase i després s'acomiadava gairebé bruscament, com si tot d'una ja en tingués prou. I és que ja en tenia prou.

De primer havia estat un infern, però ara encara semblava que fos pitjor. Perquè ara m'encarava amb un fet irreversible. En tot el dia vaig ser incapaç de pensar en la Juna. Només el veia a ell. El gest brusc amb què s'aixecà i el grinyol esgarrifós de la cadira que retrocedia fins al mur de darrera. Els ulls que es badaven inútilment, amb una sorpresa espaordida que devia tallarli la respiració. I jo que m'inclinava endavant per tal de no fallar el tret i disparava a tocar del seu pit... Després, la taca, la sang que xopava la roba, aquells dits balbs que vaig haver de prémer contra la culata de la pistola...

Sacsejava enèrgicament el cap, però la visió continuava allí, clavada als meus ulls. Com un maniàtic, em repetia una i altra vegada l'escena, renovava l'assassinat, sense aconseguir de foragitar aquella mitja hora que marcaria la meva vida per sempre, sense poder evocar la imatge exacta i precisa de la Juna, a la qual volia acudir com si fos un sortilegi. Em glaçava aquella incapacitat de retrobar els seus trets, de recordar un gest o un moment de la nostra intimitat que anihilés els fantasmes que em perseguien. Era com si l'hagués perduda.

No vaig trobar-la de nou fins a la tarda, quan sota l'esguard de la mare vaig posar-me a plorar. De primer havíem estat asseguts un a cada costat de taula, distants com tots aquells dies, i jo provava d'empassar-me unes menges que el cos em refusava, de beure un vas de vi que tenia gust de vinagre. Un gest impacient amb mi mateix, em féu abocar-lo sobre l'hule, per on va escampar-se, fosc i vermell com la sang que brollava del pit de l'oncle de la Juna. Vaig tancar els ulls, me'ls vaig tapar amb la mà, i en tornar a obrir-los el meu esguard ensopegà amb el seu. No havia dit res, no havia protestat del meu gest maldestre, seia silenciosa amb tots dos braços recolzats a la taula. I els seus ulls tenien una mirada d'animal angoixat.

—Mare... —vaig fer sense proposar-m'ho.

La veu se m'havia partit, els ulls em cremaven, i un moment després m'arrapava a la seva mà que havia avançat i, el front contra la taula, plorava.

—Xavier... fill... Una noia?

No podia acudir-se-li res més, ja hi havia pensat abans, i jo vaig assentir sense dreçar el cap. Al capdavall només mentia a mitges.

No em demanà confidències, no em féu gaires preguntes. Sempre havia estat discreta, però fins ara no li ho agraïa. Perquè allò no li ho podia contar, no podia exposar-me que la seva mirada s'endurís o, pitjor encara, veure-hi reflectida la por, una por semblant, potser més animal i tot, que aquella que hi havia descobert més de quatre vegades, de petit, quan a finals de setmana ja no li quedaven diners i jo reclamava menjar, menjar... Vivíem percaçats per la fam, pel lloguer de la cambra que calia reunir fos com fos si no ens volíem trobar al carrer, per una misèria sense pal·liatius i a la qual no vam començar a torçar el coll fins que ja tenia tretze anys i va poder-me col·locar, de grum, al despatx on netejava. Era la meva primera col·laboració estable.

—No la conec? —va dir.

Vaig negar amb el cap mentre vergonyosament, amb el dors de la mà, m'eixugava les llàgrimes.

—No —vaig confirmar després—. És... és una noia de casa bona.

Esperà, tot mirant-me. L'expressió dels ulls li havia canviat una mica. Vaig llegir-li els pensaments com si els dugués escrits al front.

—No... —vaig fer—. Ens estimem. Però se n'ha hagut d'anar, és de fora.

—Us voleu casar?

—Sí, més endavant.

—I a casa seva?

Vaig moure les espatlles.

—No ho sé... és això.

—Els rics... —començà ella.

Però jo em sentia brut per haver d'enganyar-la d'aquella manera, per permetre-li que cregués el que no era. Vaig aixecar-me, conscient que no havia explicat res, que res del que havia dit no justificava la meva actitud, el meu capteniment d'aquells dies. Però ella no hi parà esment; veia ja només allò que li convenia de veure: l'amenaça. Sospirà:

—Mentre sigui una bona noia...

De moment, només m'havia obligat a matar. Però ara la podia tornar a veure. El plor, aquells breus mots mentiders, me la tornaven, bella, desitjable com sempre. I ara, meva. L'oncle, la víctima, aquell home més aviat baixet que ara devia estar estirat en un llit, entre quatre ciris, encara s'incorporava, queia i sagnava en algun indret de la meva retina, però ella era a primer terme, em somreia amb aquells llavis molsuts que cada dia canviaven de color, em brindava el perfum i la calidesa del seu cos que una setmana enrera havia despullat en aquesta mateixa habitació, i els ulls obscurs i profunds tenien l'esguard esmaperdut amb què em mirava abans de precipitar-se al meu coll per besar-me amb una boca humida i ferida per la mateixa ànsia que em consumia...

—Seu —va dir la mare—. Has de menjar.

Vaig obeir-la.

La notícia venia als diaris del vespre. Una notícia curta, d'una vintena de ratlles, confosa entre els altres fets diversos de la jornada: accidents de circulació, captura de delinqüents habituals, un petit incendi... Gairebé em desil·lusionà.

La senyora Caterina Freixa i la seva neboda Justina Mils, a dos quarts de dues de la matinada, en tornar a casa d'una estrena teatral a la qual havien assistit, trobaren el marit de la primera, el coronel Enric Virós, mort darrera la taula del despatx de la torre que ocupaven a les Corts. La policia, alertada, havia acudit immediatament i el cadàver del dissortat havia estat traslladat a l'Hospital Clínic per tal de procedir a l'autòpsia que reclamaven les circumstàncies de la seva mort, a causa d'un dispar de pistola, trobada a l'abast de la seva mà. Es procedia a unes investigacions.

Més o menys, deia això. Ni un mot de suïcidi, però ja podia haver-ho esperat i, a més, n'hi havia prou amb saber llegir entre ratlles. Aquella frase sobre la pistola trobada a l'abast de la seva mà, era suficient.

Els periòdics de l'endemà al matí repetien la notícia gairebé textualment i, a la secció de necrològiques, hi havia una nota sobre el difunt, un petit personatge dins el seu món, ja que anys enrera ocupà una posició d'autoritat i actualment era president d'una junta de beneficència, detall que m'estranyà després del que la Juna m'havia dit sobre la seva mesquinesa. Potser havia exagerat...

Un altre detall em cridà l'atenció i, un moment, em féu glatir el cor amb més lleugeresa. Un detall que la Juna per força havia de saber i que contradeia aquell vigor que als seus cinquanta-sis anys li havia de permetre de viure'n encara quinze o vint més. Segons l'autor de la nota, el coronel Virós feia temps que patia d'una malaltia del cor.

O potser sí, vaig reflexionar després, que ho ignorava fins i tot la seva dona. Hi ha malalts que no es confien fàcilment a la família, sobretot quan cometen la imprudència de casar-se amb dones relativament joves com era la segona esposa de la víctima. Fos com fos, aquella malaltia duia l'aigua al meu molí, justificava o, si més no, explicava fins a cert punt el suïcidi. Podia tranquil·litzar-me: ho havia encertat.

És cert que els suïcides solen deixar una nota per als seus, per a l'advocat si en tenen, per a la policia, i ell no l'havia poguda escriure. Ja hi havia pensat abans. Però això no m'enquimerava. No era un detall obligatori. Al xalet no devien haver trobat cap rastre de persones estranyes; cal creure que la Juna havia comprès immediatament la situació i que havia procedit en conseqüència, tancant la finestra. Si la policia havia desconfiat, llurs sospites només podien recaure sobre dues persones: la noia i la seva tia. I totes dues eren al teatre, on ella es devia haver preocupat prou de fer-se veure. Sí, podia estar tranquil. Havíem aconseguit allò que volíem, allò que els professionals no aconsegueixen mai: un crim perfecte.

Ja no se'n va parlar més. És a dir, no en van parlar més els diaris, perquè el dissabte següent vaig veure que dos setmanaris dedicats exclusivament a l'explotació dels fets diversos hi feien referències. I no pas massa curtes. No se m'havia acudit. No solia comprar aquesta mena de revistes i, de fet, hi vaig caure per pur atzar, un matí que esperava l'autobús al costat d'un quiosc de periòdics on era exposat un dels setmanaris en qüestió. A primera pàgina hi havia la fotografia d'una dona que, engelosida, havia matat l'amant del seu marit i, al costat, dos títols que corresponien als textos de l'interior. El segon al·ludia la mort del coronel Virós.

Vaig comprar la revista. L'altra la vaig comprar l'endemà. A totes dues hi havia una fotografia de la torre i un retrat del difunt. La segona, a més, devia haver enviat un dels seus repòrters a l'enterrament, perquè una tercera fotografia mostrava un grup de persones reunides prop d'un taüt, al peu d'una renglera de nínxols. Era borrosa, potser per culpa del paper, però hom hi podia distingir les cares de tres dones, una d'elles la Juna. Una de les altres devia ser la dona. El text només deia: «els familiars».

L'article era una mica barroer i palesava que el periodista havia hagut de fer esforços per treure suc d'aquella mort i omplir una pàgina sencera. El de l'altra publicació havia tingut les mateixes dificultats i tots dos les havien solucionades lliurant-se a una descripció minuciosa, gairebé exhaustiva, del despatx on havien trobat el cadàver, de l'autòpsia, que havia apreciat una penetració amb orifici de sortida entre la cinquena i la sisena vèrtebra. La mort, deia, devia haver estat instantània i el projectil travessà el ventricle dret. Seguia una altra descripció, no menys completa, de l'enterrament. Tots dos articulistes, sense dir-ho explícitament, semblaven donar per suposat que tothom sabia que es tractava d'un suïcidi. La policia només hi era esmentada en relació al descobriment del cadàver i a les primeres diligències.

No vaig cedir a la temptació malsana de conservar els articles o les notes anteriors del diari. No m'interessava de recordar aquell episodi. Ben al contrari, ara que em sentia confirmat en la meva seguretat que no havia de témer res de la justícia, volia oblidar-lo com més aviat millor. Potser ja ho començava a fer. L'home té una capacitat de recuperació magnífica i ensems terrible.

Començava a dormir bé altra vegada, només en dues ocasions els meus somnis foren prou intensos i al·lucinants per a despertar-me. La taca de sang que s'escampava per la jaqueta empal·lidia més i més, la cadira violentament projectada contra la paret no grinyolava tant, l'home que es redreçava darrera la taula tenia un gest de ninot.

En el curs dels mesos següents, més de quatre cops em vaig sorprendre pensant que això em dolia. No era natural. Em deia que no era natural. Potser en el fons, sense saber-ho, tenia un cor d'assassí. I tots aquells trastorns primers potser només havien estat quelcom semblant als dolors d'un part: tampoc els assassins no deuen néixer fàcilment.

Més que res, però, pensava en la Juna.

LA RECERCA

Em vaig esperar fins a les cinc. A primers de setmana havia anat a consultar l'horari del cine Infanta i el dissabte, exactament sis mesos després de la mort del seu oncle, a un quart de quatre ja era a la carretera de Sarrià. Començaven a dos. Vaig esperar a fora fins que el vestíbul s'omplí una mica, i aleshores hi vaig entrar. Encara no despatxaven, darrera la taquilla no hi havia ningú, però la cua s'havia organitzat, comprenia potser dues dotzenes de persones. La Juna no hi era.

Cinc minuts després, quan les dues dotzenes de persones s'havien convertit en tres i la taquillera ja era al seu reducte, vaig començar a enquimerar-me. És clar que era d'hora, que hi havia temps, però havíem quedat que acudiríem a la primera sessió, i ara ja estava a punt de començar.

Vaig retrocedir de nou cap al carrer i vaig quedar-me a tocar de les portes que reflectien esborradissament la meva silueta, el meu rostre ben afaitat, la corbata negra... Feia nou dies que l'havia enterrada. La mare, vull dir.

Vam trobar-la morta al safareig d'una de les cases on feia feines. Havia caigut endavant i va quedar-se penjant de la batedora sabonosa, les mans arrapades a una peça de roba que acabava de retirar o que anava a introduir a l'aigua. El metge va certificar que es tractava d'una embòlia cerebral. M'ho van explicar: un petit vas, un conducte de no res que havia petat.

Tres dies després, entre les seves coses, vaig trobar la llibreta de la caixa d'estalvis on em pensava que, després de l'estafa del pis, ja no ens quedava res. Però m'equivocava. D'una manera o altra, aquella formiga havia aconseguit de reunir encara prop de cinc mil pessetes. Van servir per a l'enterrament. És a dir, per a pagar en Sorribes, que s'havia portat bé i em deixà els diners que vaig demanar-li.

Quan pensava en ella encara se m'enlloraven els ulls, però per altra banda em deia que potser era millor que s'hagués mort. Amb la Juna, no s'haurien avingut. No s'assemblaven en res, eren ben bé el contrari l'una de l'altra. I a més, la Juna, ni que hagués tingut unes altres qualitats, era massa bonica per a no fer ombra a la dona que fos. Fins i tot a una mare.

No valia la pena de pensar-hi, ara. Tampoc no ho hauria pogut fer. Dins, els llums ja s'havien apagat, al vestíbul no quedava ningú. Em semblà que, si restava plantat davant la porta, acabaria per cridar l'atenció. Vaig sortir, doncs. En aquell moment, no sabia encara que l'endemà faria exactament el mateix. Perquè a la nit se'm va acudir que podien haver passat moltes coses. Podia haver-se malfixat en la data, podia haver estat retinguda per algun compromís ineludible, potser a l'amiga que l'havia d'acompanyar no li havia caigut bé de sortir, potser estava malalta... Algunes coses eren més problemàtiques que les altres, però era indiscutible que un motiu o altre hi havia d'haver perquè faltés a la cita.

Per això vaig tornar-hi l'endemà, i l'altre, i el tercer... Vaig tornar-hi durant deu dies consecutius, darrerament ja sense cap mena d'esperança. No ho entenia. Els nervis no m'aguantaven, tornava a dormir malament. Per força havia hagut d'esdevenir-se quelcom de greu. Però què? Quelcom que fins i tot la impossibilitava d'avisar-me. Ja sabia que no podia enviar ningú al vestíbul del cine, perquè hauria estat posar la nostra confiança en una tercera persona, però en canvi podia haver-me telefonat al principal. Un cop de telèfon, com havia fet aquella nit, no ens comprometria pas gaire. Podia telefonar-me des d'una cabina pública, per a més seguretat.

No ho va fer. No va fer res. Vaig haver de buscar-la jo.

Per començar vaig trucar a la torre. La guia duia el número del telèfon, encara a nom del coronel Virós, és clar. Les dues primeres vegades no em va contestar ningú, tot i que era l'hora de dinar, però al vespre vaig tenir més sort. Una veu de dona, agradable però una mica apagada, féu:

—Digui?

Vaig imaginar-me que devia ser la tia. Mai no havia esperat que em contestés ella mateixa, ja que el seu silenci, obeís al motiu que obeís, gairebé només podia indicar una cosa: que era al poble. També sabia que, amb aquella decisió de prendre la iniciativa, m'exposava una mica i trencava amb la norma de prudència que vam convenir. Però era un cas de força major.

—La senyoreta Juna? —vaig demanar.

—Juna? Es deu haver equivocat de número.

Vaig consultar el paper on havia apuntat el guarisme, vaig repetir-l'hi i vaig afegir:

—No és la torre del senyor Virós?

—Ah, sí! Es veu que hi vivia abans.

Allò em va desconcertar una mica. Vaig mormolar:

—No és de la família, vostè?

—No; se'n van anar tots.

—Perdoni doncs.

—No té importància —contestà ella. Semblava una dona amable.

Li hauria pogut fer més preguntes, però no hi vaig caure fins una estona després, quan em recobrava de la sorpresa de saber que a la torre hi havia llogaters nous. La manera de parlar de la meva interlocutora indicava prou clarament que no devia conèixer la família, però això no volia dir que no pogués donar-me alguna dada útil per a retrobar la Juna o, si més no, la seva tia.

Vaig estar temptat de telefonar de nou, però després se m'acudí que potser seria preferible de presentar-me personalment a la torre. Hi ha converses que per telèfon són incòmodes. Un canvi d'impressions cara a cara dóna més marge a la insistència, a la possibilitat que, en un moment o altre, salti un detall revelador.

És clar que m'exposava més. Fins ara només era una veu que havia preguntat per la Juna, una veu anònima i encara més o menys estrafeta pel telèfon. Si visitava la torre, el meu anonimat es faria fonedís fins i tot si no revelava el meu nom. La dona, o qui fos que em rebés, em veuria, podria proporcionar en el futur una descripció de la meva persona...

No em va amoïnar gaire però. Havien passat sis mesos llargs, la teoria del suïcidi havia estat admesa oficialment, com ho demostraven els articles que havia llegit i que encara recordava. Totes aquelles mesures de cautela que havíem acordat amb la Juna estaven molt bé quan encara suposàvem que hi hauria una investigació, i també estava bé, ja que un excés de prudència no sobra mai, que haguéssim continuat subjectant-nos-hi quan tot va agafar un caire tan inesperadament favorable, però no calia exagerar. Ara, després de tant de temps, només seria un noi que cerca una noia amb la qual s'ha relacionat anteriorment, amb la qual fins podia simular haver tingut un tracte merament social.

Vaig decidir-me, doncs.

La dona que em va obrir la porta l'endemà al vespre era la mateixa que havia contestat la meva crida telefònica. Li vaig reconèixer la veu de seguida. Una dona d'uns quaranta o quaranta-dos anys, molt grisa de cabells, sense maquillar, amb els llavis naturals. La imatge de la perfecta mestressa de sa casa, de la mare. No es veia cap infant, però.

Vaig començar per dir-li que jo era la persona que havia telefonat el vespre abans. Ella es quedà una mica admirada.

—Ja vaig explicar-li...

—Sí, ja ho sé, però després vaig pensar que potser la família Virós podia haver deixat la seva adreça, o indicar més o menys on se n'anaven a viure. De vegades es fa.

—És veritat. Però és que nosaltres no els hem conegut. La torre, vam llogar-la el mes passat i els Virós ja feia temps que eren fora pel que hem sabut. Ni sabíem com es deien, va ser pel telèfon i perquè aquí al veïnat ens van dir... Ja ho sap, oi, que el senyor Virós es va suïcidar?

Vaig assentir amb un cop de cap, sense fer-hi comentaris.

—L'administrador ens ho va amagar, perquè em penso que no l'hauríem llogada pas si....El meu marit diu que tot això és ridícul, però jo no m'hi sento bé... Imagini's que els mobles són els mateixos!

—No se'ls van endur?

—No eren d'ells. Sempre s'ha llogat moblada, la torre. O així ho diu l'administrador. Perquè li vam demanar explicacions, aquestes coses es diuen.

Era una dona xerraire i simpàtica que va acabar per fer-me entrar al vestíbul, on vint minuts després va trobar-nos encara el marit que tornava del despatx o d'on fos. En aquell moment ja sabia d'on venien, quant pagaven de lloguer, que eren un matrimoni sense fills... En canvi no havia esbrinat res que em fos útil. Ni ho vaig esbrinar del marit, igualment molt sociable.

—Es veu que era un home una mica estrany, en Virós —va dir-me—. Potser li ho havia fet tornar la seva dona, perquè segons sembla era una mica... una mica lleugera. Ja m'entén. És clar que són enraonies de veïnat, vostè ho deu saber més bé, si els coneixia.

—Coneixia la neboda.

—Sí, sembla que hi vivia una neboda, amb ells. A temporades, em penso.

—No se'ls coneixia gaire, però —afegí la dona aleshores—. Encara no hi van viure un any.

—I a vostè què li interessa? —preguntà ell—. ¿Trobar la neboda?

—Tenia uns encàrrecs per a ella —vaig dir vagament—. He passat una temporada fora i...

—Per què no fa una cosa? Parli amb l'administrador...

Ja se m'havia acudit mentre enraonava amb la dona, però em vaig limitar a aprovar.

—Bona idea. Si és tan amable de donar-me l'adreça...

Ho va ser naturalment.

El vaig anar a veure l'endemà, al punt de la una. Els negocis no devien anar-li gaire bé, perquè el despatx era molt atrotinat; dues habitacions al carrer Junqueres, la primera ocupada per una noia que teclejava una Underwood de l'any vint i la segona per la còrpora immensa d'un home que es vessava sobre una taula plena de taques de tinta i gairebé neta de papers. L'estora que tenia als peus era esfilagarsada i les dues butaques de cuir fosc haurien fet un bon paper a la fira de Bellcaire.

La noia em féu entrar sense haver-me preguntat el nom, sense anunciar-me. L'home va mirar-me sense sorpresa.

—El senyor Ferrús?

—El mateix.

—Vinc de la torre de les Corts que administreu —vaig encadenar—. La que ocupaven els Virós.

—Ah sí. Ja no hi són —digué ben innecessàriament.

—Per això us volia veure.

Amb la mà va indicar-me una de les dues butaques, però jo vaig escollir l'altra, que semblava més segura. No ho era del tot, perquè les molles van baixar fins a terra.

—Passa alguna cosa?

—No. Sóc un amic dels Virós. Més exactament: de la neboda del senyor Virós. He passat una temporada a fora —vaig insistir en la versió que havia donat als llogaters actuals—, on havia de fer uns encàrrecs per a ella i ara, en tornar, m'he trobat que ja no hi eren.

—Sí, se'n van anar. Poc després de la mort del coronel. Ja deuen haver-li dit que es va suïcidar.

—És el primer que m'han dit.

Ell va somriure dèbilment, desplaçant així un feix de greix que gairebé li engolia el nas.

—Estan queixosos, ja ho sé... He estat quatre mesos sense llogar-la, i això que vaig abaixar el preu. La gent s'omplen la imaginació i es pensen... —Arronsà les espatlles, sense acabar—. Però vostè què volia, exactament?

—He pensat que potser van deixar-vos la nova adreça.

—No. No van deixar res. La dona... la vídua... va portar la clau i va dir que se n'anaven. No sé res més. Això més aviat al veïnat...

—S'hi van estar poc temps, no sé si devien tenir gaire ocasió de fer amistats... Potser una adreça vella em serviria. Si encara guardeu el contracte...

—Sí, és clar. Deu estar arxivat.

Va aixecar-se i avançà mandrosament cap a l'altra habitació. Pel camí, però, devia repensar-se i caure en la idea que, ben mirat, tenia una secretària per a embrutar-se les mans de pols, perquè només arribà fins a la porta, d'on digué:

—Tònia, ¿vol buscar-me els contractes caducats de la torre de les Corts? Porti'm el del senyor Virós.

Fora, el tecleig de la màquina cessà i ell retrocedí cap a la taula, darrera la qual tornà a enquibir la seva tossa.

—Eren uns bons llogaters —manifestà a tall de comentari—. Mai no venien amb reclamacions ni res... Un mes que es van deixar perdre, perquè el contracte era per un any i el tenien pagat. Suposo que la dona se'n devia voler tornar amb la família.

—No era d'aquí?

—No ho sé. Ara veurem què diu el contracte.

Però el contracte, quan la secretària el portà, ens va servir de ben poca cosa. Hi havia les dades personals del difunt Virós, nat a Almacelles com vaig poder veure i anteriorment domiciliat a Tarragona, sense especificar adreça de cap mena. L'home me'l va allargar amb tota confiança.

—Miri vostè mateix.

—Evidentment, no serveix.

—¿Importaven algunes despeses, aquests encàrrecs que m'ha dit?

—Sí. Per això tenia un cert interès a localitzar la família.

—Potser li escriurà, aquesta noia.

—Potser. Confiem-hi.

Fins que ja m'havia extirpat treballosament de la butaca no se'm va acudir una altra possible pista, perquè l'home era trempat.

—Recordeu com van pagar-vos la renda? En diners? O potser van donar-vos un taló.

La cara se li il·luminà. Hauríeu dit que el feia feliç poder ajudar-me.

—Oh, sí! Un taló. I recordo el banc, perquè és el meu. El de Bilbao. Però jo, de vostè, no hi confiaria massa —afegí—. Ja sap com són, els bancs, sempre protegeixen el client. I més si els diu que li deuen alguna cosa!

Va riure, benhumorat. Jo vaig fer:

—No costa gens de provar.

Però va ser com ell havia dit. Vaig poder parlar amb el cap de la secció de comptes corrents, molt amable, exquisidament amable i tot. Només que, com va aclarir-me, no estava autoritzat. Ho sentia molt. Ja me'n feia càrrec... Tot el que es referia als clients era confidencial.

A les dues tornava a ser a la vorera de la plaça de Catalunya, sense haver avançat ni un pas.

L'endemà a la tarda, vaig començar la meva desesperançada investigació entre les torres del veïnat. Cinc minuts després, comprovava que els Virós s'havien saludat amb tothom, però a distància.

—Gent orgullosa —va dir-me una dona.

A la botiga més propera, on també vaig preguntar, l'amo em manifestà:

—No venien a comprar mai, eren dels qui van a la plaça perquè es pensen que els ho fan més bé. Si de cas, alguna vegada, quan s'oblidaven alguna cosa, feien venir la Pauleta, la dona que els feia les feines.

—Viu per aquí?

—Sí, a la primera cantonada, tirant amunt. Hi ha un grup de casetes baixes. Em penso que és la segona.

Era la tercera, però vaig trobar-ho sense dificultats. Tothom la coneixia. Només que no era a casa i vaig haver d'esperar-la fins a dos quarts de nou.

Era una dona seca, de més de cinquanta anys, amb unes mans grosses i ablanides per les aigües i els detergents. De primer va mostrar-se desconfiada:

—No és pas de la policia, vostè?

—És clar que no. Que potser en faig cara?

—No se sap mai —remugà ella—. Ja em van amoïnar prou aleshores. Dues vegades que van venir.

El cor se m'accelerà una mica i la veu em sortí prima quan vaig preguntar:

—Per què? Què volien?

—No ho diuen mai, ells, què volen. Fan preguntes i prou... Quines relacions hi havia entre el senyor i la senyora, si es disputaven, si alguna vegada el senyor havia deixat anar alguna paraula sobre el que pensava fer... Com si m'ho hagués d'explicar a mi! Mai no hi havia canviat una dotzena de paraules, quan jo hi anava gairebé no hi era mai, a casa. I, si hi era, callava. No havia pas d'anar a preguntar-li...

S'anava exaltant, i vaig tranquil·litzar-la:

—No vull fer-li cap pregunta d'aquestes. No el coneixia, jo, ni a la seva dona.

—Doncs què vol?

—Coneixia la Juna, la neboda.

—No hi vivia, ella, aquí.

—Darrerament, sí.

—Una temporada.

—Sí. Aleshores la vaig conèixer i, com que me n'havia d'anar a fora, em va confiar uns encàrrecs. I ara quan he tornat...

—Quina mena d'encàrrecs? —preguntà amb una mica d'impertinència.

—Unes compres. Coses que no es troben aquí, o són més cares.

—Perfums, no sé què m'hi jugaria —comentà.

Vaig simular una rialleta còmplice.

—Sí, també.

—I ara no sap on trobar-la...

—No, si vostè no em diu on se'n van anar.

—I per què jo?

Era una vella dura de pelar.

—Perquè vostè treballava per ells, li devien dir...

—No em van dir res.

—No van proposar-li que els continués fent feines?

—Ja sabien que jo no em vull moure del veïnat. No estic per perdre temps anant amunt i avall i pagar tramvies.

—Se'n van anar lluny, doncs?

—Suposo que sí. Només sé que van llogar un pis.

—Més o menys, per quina banda? —vaig insistir.

Ella brandà el cap, ara més aviat maliciosa, gairebé divertida.

—Però mira que pregunta, vostè!

—No faria el mateix, al meu lloc? —vaig replicar-li.

Hi reflexionà, i devia trobar-ho encertat, perquè acabà d'amansir-se.

—Suposo. Però li asseguro que no sé res. No eren gent que parlessin i t'expliquessin coses. Molt educats, això sí, amables i tot, almenys amb mi... Senyora Pauleta per aquí, senyora Pauleta per allà...

—Ja veig... —Se'm va acudir una cosa, i vaig preguntar-la-hi—. Rebien correspondència?

—Sí, alguna, vegada. Per què? —Però ella mateixa hi va caure—. Ah, vol dir que potser el carter...

—Sí. A quines hores passa, per aquest barri?

—Al matí, tard. Entre dotze i una, diria. No oblida res, oi, vostè?

Procurava no fer-ho.

El vaig haver d'esperar fins prop de les dues. Potser s'havia entretingut, potser la senyora Pauleta tenia una idea massa relativa de les hores, però quan a la fi desembocà per la cantonada, amb la cartera ja gairebé buida, estava a punt d'abandonar per aquell dia.

Era un xicot jove, eixerit, i quan vaig explicar-li la cosa se'n féu càrrec sense dificultats. En conjunt, no podia queixar-me. Trobava més col·laboració que no havia esperat. La llàstima era que no em servia de res.

—Ja fa temps, que se'n van anar, de tota manera —em digué.

—Ja ho sé. Prop de cinc mesos. ¿No van deixar-li una adreça perquè els trametessin les cartes?

—No, no van deixar-me res. Devien creure que no valia la pena. Des que són fora, només recordo una carta per a ells. La vam retornar, naturalment.

—Rebien poca correspondència?

—Sí, molt poca. I sempre a nom del senyor Virós. Es pot dir que no els coneixia, jo. Ja ha vist que a la reixa hi ha una bústia... A la torre només hi vaig pujar una vegada que tenien un certificat.

—I, naturalment, vostè no recorda d'on venien, les cartes.

—Ja pot comprendre que amb els centenars que cada dia em passen per les mans...

És clar, ho comprenia molt bé.

Seguidament, vaig provar a Estadística. No hi confiava gens, perquè la majoria de gent no es preocupen de registrar-s'hi si no és l'any del cens. Després, no sabia com m'acollirien.

Em van acollir bé. L'ordenança al qual vaig demanar orientacions, m'indicà una finestreta on podia adreçar-me, però ja m'advertí:

—No sé si li diran res...

El funcionari era un home d'una seixantena, d'aspecte més aviat paternal, i una mica deixat, perquè tenia el coll de l'americana ple de volves de caspa i anava mal afaitat. Mentre m'explicava, em mirava amb uns ulls molt immòbils, de miop.

Vaig servir-li la mateixa història que fins aleshores havia utilitzat, canviant només el nom. No tenia ganes d'inventar-ne una de nova. D'altra banda, a cop de repetir-la, ja començava a semblar-me plausible. Potser ho era, perquè ell només digué:

—Ja sap que no tenim cap obligació de donar adreces...

Li vaig somriure, molt comprensiu.

—Sé perfectament que estic demanant un favor.

Ell s'escurà la gorja, i va dir:

—A veure què puc fer... Quin és, el nom sencer?

—Caterina Freixa —vaig repetir jo, perquè, naturalment, la noia només era un visitant i no podia estar empadronada.

—El segon cognom no el sap?

—No, la veritat... Mai no se'm va acudir de preguntar-l'hi.

—Sense el segon cognom és difícil —objectà ell.

—Freixa no és un nom excessivament corrent. No n'hi pot haver pas molts, em penso.

—No sé.

No semblava gaire animat, però abandonà la finestreta i se n'anà cap a la dreta, per on va fer-se fonedís. Vaig esperar.

Darrera meu una veu de dona digué:

—No despatxen?

—Sí. Torna de seguida.

Va tardar una bona estona, però, i aleshores, en veure que darrera meu hi havia algú, encara féu:

—Permeti'm, primer... —I cap a la dona que avançava—. Què volia vostè?

Vaig retirar-me una mica mentre ella començava a explicar-li que eren nous a ciutat i que al seu marit, que ja havia trobat treball, van dir-li que li calia aveïnar-se. Volia saber què havien de fer.

Deu minuts després, ja que la cosa més aviat va ser laboriosa per culpa de la comprensió una mica obtusa de la dona, el funcionari i jo estàvem novament sols.

—Ara vostè —va dir, i m'explicà—. En realitat això no ho podem fer. No hi estem autoritzats. D'adreces només en podem donar a la policia.

—Ja li he dit que ho consideraria un favor.

—Sí, sí... Però no està bé que la gent s'acostumin... —Acabà—. Per això li he dit que s'esperés.

Tenia la fitxa a la mà, va contemplar-la de molt a prop i se la tornà a allunyar dels ulls.

—Caterina Freixa Badia... És això?

—Suposo que sí.

—D'Almacelles?

—Un poble de Tarragona?

—No, de Lleida.

Aleshores vaig recordar que el difunt coronel també n'era, segons constava al contracte que guardava l'administrador Ferrús, i la cosa va sorprendre'm una mica, però em vaig limitar a fer, més aviat vagament:

—Això, de Lleida...

Ell assentí amb el cap, com si hagués temut que no li donaria la raó.

—On m'ha dit que vivia, quan vostè se'n va anar?

Vaig repetir-li l'adreça i ell va moure de nou el cap.

—És la que tenim nosaltres. Ho sento...

Se'm va acudir una cosa:

—Perdoni —vaig fer— de quan és, aquesta inscripció?

Ell tornà a esguardar la cartolina.

—D'un any enrera, quan es va fer el padró...

Era inútil d'insistir. Ho hauria estat fins i tot si hagués sabut el nom de la tia difunta de la Juna, la primera muller del coronel, i l'hi hagués pogut donar. L'home ja havia complert. El vaig regraciar.

Molt bé. Havia esgotat tots els recursos per a trobar-la sense sortir de ciutat. Ara ja només em quedava una pista, més segura, però que m'obligaria a desplaçar-me, cosa que havia volgut evitar en raó de la feina: anar al poble. Era una localitat de la comarca de Terra Alta, a l'extrem de Catalunya, gairebé a la llinda d'Aragó. No tenia estació de ferrocarril; calia anar-hi en cotxe des de Móra la Nova. Una mica complicat, una mica llarg; em caldria potser tres dies.

És clar que ara ja m'havia començat a convèncer que

perseguia una quimera. Ja feia vint-i-cinc dies que ens hauríem hagut de trobar a l'entrada de l'Infanta, temps més que suficient perquè hagués enginyat una manera de posar-se en contacte amb mi, si, com de primer havia pensat, un contratemps va privar-la d'acudir a la cita. Sabia on vivia, podia haver-me enviat una nota, podia haver-me telefonat... Em quedaven pocs dubtes que s'havia desentès de mi. Però jo seguia volent-la, la sang encara em cremava cada cop que pensava en ella, i hi pensava contínuament. I encara que no hagués estat així. Si més no, tenia dret a saber per què havia comès un assassinat. I ho sabria, ni que se m'endugués tota la vida.

En Sorribes, quan vaig dir-li que m'havia d'absentar uns dies, hi posà mala cara. En aquell moment treballàvem per una empresa fabricant de televisors que ens havia demanat una mena de cens de famílies que encara no tenien cap aparell; també volia saber per què. ¿Dificultats econòmiques, falta d'interès, repugnància al novell vehicle d'informació?... Era una investigació en gran escala i en Sorribes hi havia abocat gairebé tot el seu personal.

Més poca gràcia li va fer, encara, que li demanés dues mil pessetes a l'avançada sobre els meus guanys futurs.

—No ho veig clar —va dir mentre es tocava el nas d'una manera molt característica, amb dos dits, però sense acabar de pinçar-se'l—. Fa temps que us veig inquiet, em pensava que era per això de la vostra mare...

—He d'anar al poble —vaig dir-li—. Hi ha una qüestió d'interessos...

Ell dreçà el cap.

—No em digueu que heu heredat, perquè...

—No he heredat res. —Vaig improvisar ràpidament—. Hi ha una finqueta dels avis, potser sabíeu que eren pagesos... En principi la mare n'era propietària a parts indivises amb un oncle que ja es va morir fa anys però que deixà família. Mai no en va veure cap diner, ella; sempre hi havia una excusa o altra, males collites, impostos... ja sabeu.

—Mai no m'ho havíeu contat, això.

—I per què us ho havia de contar? ¿Què us interessava?

Ell va riure.

—Està bé. I què voleu ara? Aclarir la situació?

—Precisament.

Al cap i a la fi, havia dit la paraula justa. No hi feia res que ni la mare ni ningú de la família no hagués tingut mai cap finqueta ni que, de vegades, no acabessin de ser del tot propietaris de la roba que duien damunt. Amb en Sorribes, com gairebé amb tothom, calia anar amb mentides. Si li explico la veritat, m'hauria engegat amb un renec: foteu el camp i a la feina. En canvi, ara, ni que fos a contracor, s'avingué a deixar-me les dues mil pessetes. No pogué estar-se de mig protestar, però:

—No veig per què en necessiteu tantes...

—No deveu pas tenir por de perdre-les? —vaig contraatacar—. Ja sabeu que sóc bon complidor.

—Si no ho sabés no us les deixaria, en podeu estar segur.

Ho deia amb un somrís. I jo també somreia. Però tots dos sabíem molt bé que allò era l'evangeli. No s'oposava a fer favors, però volia tenir la seguretat que no serien perduts.

—Quants dies necessiteu?

—Diguem tres.

—Ni un més. Què som, avui? Divendres? Dimarts al matí us vull veure aquí.

—Hi seré.

Hi era el dilluns.

El dissabte a la tarda saltava del cotxe de línia a la plaça del poble. Era un autobús rural atrotinat, que s'havia arrossegat gairebé durant una hora i mitja per fer els trenta quilòmetres aproximats que ens separaven de Móra la Nova. Cal dir, però, que la carretera no es prestava pas a grans velocitats.

El poble era petit, camperol, i durant el viatge el xofer del cotxe va dir-me que només hi havia una fonda, la qual, va confiar-me, no oferia gaires comoditats. De fet, no n'oferia cap. Però el matrimoni que la dirigia era amable, i una cosa anava per l'altra. Ells van assabentar-me que a la localitat només hi havia una taverna, un cafè. No, el nom de Mills no els deia res, ells no eren del poble, en realitat només feia un any que s'havien quedat amb la fonda...

Encara no hi havia res perdut, doncs.

Al cap d'una hora, però, ni el més optimista no hauria pogut conservar ja ni una unça d'esperança. L'amo del cafè, on vaig acudir en primer lloc, m'afirmà que es deia Fígols, que mai no havia tingut cap filla anomenada Juna o Justina i que les dues que li havia donat la seva dona encara tenien l'edat d'anar a col·legi.

El taverner, amb el qual vaig entrevistar-me tot seguit, era un xicot jove, solter i fill únic. Un vell que hi havia al taulell, on feia cinc de la dolça, en sentir el nom començà a rumiar i, sense que l'invitéssim, es barrejà a la conversa.

—Mill, Mill... Jo coneixia una família...

—Mills —vaig rectificar.

—Mills, doncs —va concedir-me ell amb una lleugeresa que no presagiava res de bo—. Fa molts anys que van deixar el poble.

—No els recordo, jo —digué el taverner—. Qui eren?

—La teva mare sí que els coneixia...

Van fer-la sortir. Era una dona molt grossa, amb un mamellam que li penjava fins a la cintura.

—Sí. I tant! —va fer de seguida—. Eren els de can Hortolà, oi?

—Això —aprovà el vell—. Hi havia una noia.

—Però ara ja deu ser tan gran com jo, si encara viu —aclarí la mare del taverner—. Sí, era de la meva edat. Quan va marxar no devia tenir ni catorze anys.

—Potser és una filla d'ella —va dir el taverner.

—En tot cas, aquí no hi ha viscut mai.

—I taverna, tampoc no en van tenir cap.

En fi, s'havia acabat. O no ben bé del tot, perquè havent sopat va presentar-se un individu a la fonda, preguntant pel foraster que havia arribat aquella tarda.

Pel que sembla, les notícies corrien de pressa. A hores d'ara ja tothom devia saber, i comentar, que un barceloní havia acudit al poble, darrera una noia.

—Jo sóc parent dels Mill —va dir-me quan vaig baixar del dormitori, on m'havia refugiat.

—Mills, voleu dir.

—No, Mill. Diuen que buscava la filla...

—Una noia que es diu Juna.

Ell denegà amb el cap, em va somriure amb els ulls, una mica sorneguer, com si digués: t'has deixat enredar!

—Juna, no. Aquí no hi ha hagut mai ningú que es digués Juna. Això són coses de la capital. Jo sóc cosí d'ells —explicà—. Vull dir que em vaig casar amb una cosina. Ara ja és morta.

—Jo buscava una noia jove, d'uns vint-i-tres anys.

—Bé, sí, deu ser la filla. Però ella ja no hi va néixer, al poble, sinó a Tortosa, on van anar a viure i on es va casar la Mundeta.

—La vostra cosina?

—Això. La noia també se'n diu.

—A la taverna ningú no recordava res. Ni que tingués un parent al poble.

—Quin parent? —s'estranyà.

—Vós, home.

—Ah, sí! Se n'han recordat després; però això m'ho han fet dir. Elles no han tornat més, aquí.

—Viuen encara a Tortosa?

—Sí, la noia fa de criada en un convent de monges.

Naturalment, no podia ser ella, però vaig fer-li una descripció de la Juna, força reeixida pel que sembla, perquè ell gairebé no em deixà acabar:

—Oh, no! —mig rigué, més sorneguer que mai—. Si fos així, les monges no la voldrien.

No calia insistir. Vaig convidar-lo a beure una copa, per recompensar-lo de les molèsties, i ell m'ho agraí d'una manera ben curiosa: els llits de la fonda no eren pas massa tous i, després, a la gent de la meva edat ja sabia que no els agradava de dormir sols; ell coneixia una xicota sempre disposada a fer un favor, i que no cobrava car, afegí. Podia acompanyar-me a la casa, si volia...

Potser vaig fer mal fet, perquè estava molt baix de moral, però vaig declinar l'oferiment. Per estrany que fos, de dona continuava només volent-ne una: la Juna.

S'havia acabat. Ja no quedaven més pistes, ja no quedava res. La noia havia desaparegut sense deixar rastre. Era inútil haver-me dit que la perseguiria encara que hi hagués d'esmerçar tota la vida. S'havia fet fonedissa tan totalment, que era com si mai no hagués existit. Però existí. I l'havia tinguda entre els meus braços, havia sentit el contacte enervant del seu cos tebi, ens havíem besat fins a perdre l'alè, amb els meus dits havia resseguit aquelles cames torbadores que, gairebé vuit mesos enrera, m'obligaren a aturar-me a la Diagonal i a agafar un autobús que no era el meu... Havien existit les paraules apassionades, les discussions, els projectes... I entre aquella presència i l'absència d'ara hi havia un cadàver.

Vaig tornar a l'agència, vaig tornar al treball, a les enquestes en profunditat, a l'estudi de mercats, a les entrevistes domiciliàries. Amb en Sorribes vam convenir que cada setmana es quedaria cent pessetes dels meus guanys per tal de recobrar les dues mil que no m'havien servit de res; perquè vaig confessar-li que d'allò de la finca no n'havia acabat de treure l'aigua clara i que, fet i debatut, ells, els meus parents, encara eren més pobres que jo.

—Això ja us ho hauria pogut dir des de darrera d'aquesta taula —féu ell, passant-se de llest—. Sempre heu estat un il·lús, Rius. Però en fi, són les vostres pessetes.

No eren les pessetes. Era el dolor, la ràbia d'haver estat enganyat d'aquella manera tan miserable, tan incomprensible. M'havia fet servir per a una finalitat que ignorava, que probablement ignoraria sempre. Els mots d'amor, els besos, els abandonaments... tot mentida. I jo no ho havia sabut veure, li clavava l'esguard als ulls i em pensava llegir-hi una passió semblant a la meva, devoradora, inexhaurible... Inescrupolosa també, sí. Però no hi feia res. Havia passat per tot, ho havia acceptat tot perquè aquell amor pogués florir, ni que fos contaminat per una sang aliena. I ella m'havia traït. No hi havia cap més explicació. És a dir...

Se'm va acudir que podia haver-se mort. Era jove i sana és veritat, però també els joves i els sans moren. Podia haver estat víctima d'un accident, d'una malaltia fulminant... Però no. Hi havia massa coses que ho contradien. L'engany existia. M'havia donat el nom d'un poble on era desconeguda, on no devia haver viscut mai; m'havia explicat unes circumstàncies que, per tot el que sabia, no corresponien a la seva persona. I si m'havia donat una adreça exacta, la de la torre on aleshores vivia, només era per una cosa: perquè una nit m'hi havia de presentar amb intencions homicides... Sí, s'havia servit de mi, havia estat una joguina entre les seves mans. No havia sabut veure res, comprendre res, cegat per aquella bellesa lluminosa, per la profunditat d'uns ulls al fons dels quals fins ara no sabia què hi havia.

No sé si encara confiava que l'atzar me la posés al davant. Ens havíem trobat per casualitat, l'encontre podia repetir-se si continuava vivint a la ciutat. Alguna esperança devia servar, car ara caminava pels carrers amb els ulls atents, espiant els rostres de les noies que passaven, que veia darrera els vidres closos de les finestres dels tramvies, per les entrades i escales que la meva feina m'obligava a freqüentar. N'hi havia moltes de boniques, que tenien els seus ulls, o la seva boca, unes cames ben fetes, un cos abellidor... però cap no era ella. Era inútil fer-me il·lusions. Si és que d'allò se'n podia dir il·lusions: quan dintre meu havia mort alguna cosa, havia mort tot.

Va caldre que la meva feina em portés a la part alta de l'avinguda de la República Argentina perquè recordés una cosa que no hauria d'haver oblidat: l'amiga invàlida. Quan se m'acudí, aquell oblit em semblà poc menys que incomprensible. És veritat que havien passat uns quants mesos, ben bé nou, ara, i que d'aquella amiga n'havíem parlat ben poc; de fet, ens havíem limitat a al·ludir-la. Ni a ella ni a mi no ens devia semblar un tema de conversa interessant. I, no obstant, allí podia haver-hi la clau. Havia dit que es coneixien d'abans, de quan ella vivia a Barcelona, en vida de la seva tia. Per força devia saber alguna cosa, doncs; potser encara continuava visitant-la. El cor em va fer un bot.

Vaig saltar de l'autobús. Que se n'anés al carall, la feina! Allò era més urgent. És clar que després, a mesura que m'atansava a la casa on l'havia vist desaparèixer aquell primer dia, la reflexió m'invità a posar un fre a les meves esperances. M'havia dit tantes mentides!

I aquesta també ho era. L'amiga no havia existit mai. Vaig comprovar-ho uns segons després, quan interrogava la portera.

—Una noia invàlida? —s'estranyà—. No, no n'hi ha cap, aquí.

—Potser no hi és ara —vaig fer jo mentre per dintre meu tot s'esfondrava una vegada més—. Però hi era uns vuit o nou mesos enrera.

L'havia sorpresa al moment que rentava alguna cosa a la pica del seu reducte i ara s'eixugava les mans mentre em fitava amb una mica de curiositat intrigada. Era una dona jove, d'una trentena d'anys, de faccions grosses per bé que agradables.

—No, mai —digué.

—Vostè fa temps que és portera?

—Des que es va construir la casa, fa potser un any i mig. I mai no hi ha viscut cap invàlid, ni home ni dona.

—Una noia que va tenir un accident de cotxe —vaig insistir jo. No em resignava al fet que aquella possible pista se m'escapés de les mans.

—Li asseguro que no.

Però la Juna havia penetrat a la casa, ho havia vist amb els meus propis ulls, algun contacte o altre hi tenia, algú visitava... És clar que podia haver estat una cosa ocasional. Vaig fer:

—No s'estranyi de la meva insistència. Li explicaré... Temps enrera vaig conèixer una noia amb la qual vaig intimar una mica, va donar-me uns encàrrecs per a fora, on jo havia d'anar, i ara, en tornar, he sabut que la família havia sofert una desgràcia i que van deixar el pis on vivien. Aleshores m'he recordat que un dia vaig acompanyar-la fins a la porta d'aquesta casa, on va dir-me que venia a visitar una amiga seva que s'havia quedat invàlida.

—Doncs el va enganyar —digué ella.

—Això és el que veig.

—Està segur que era aquí? Ja s'ha fixat que hi ha quatre cases iguals?

—Sí. Que potser n'hi ha alguna, d'invàlida, a les altres?

—No —féu ella—. Ho sabria.

—De tota manera estic segur que la casa era aquesta, m'hi vaig fixar. La tercera.

—De noia jove, només n'hi ha una en tota l'escala, una mestra... Vull dir soltera. N'hi ha d'altres de casades. Totes reben visites, però ja li ho dic: invàlida, no ho és cap.

—Potser si li deia com és... Em penso que venia sovint.

—A veure.

—Es diu Juna.

Ella brandà el cap, negativament.

—No. És un nom estrany.

Aleshores la hi vaig descriure tan bé com vaig saber. No ho devia pas fer tan malament, perquè uns instants després els ulls li havien canviat d'expressió i els llavis li somrigueren.

—La coneix? —vaig preguntar àvidament.

—Bé... No es pot dir precisament que la conegui. Però sí, una noia com la que diu venia aquí. Sempre duia els llavis pintats d'un color diferent, oi?

—Exacte!

El somrís s'accentuà, féu un gest, i digué:

—Entri.

Fins aleshores havíem parlat al peu de la porta de vidres, ella dins, jo fora. Ara ajustà al meu darrera i se'm quedà mirant.

—No visitava cap amiga, sinó un amic... Si encara fos aquí no li diria res —aclarí—. No vull embolics, jo. Però ara ja no hi és; després, no trobo que estigui bé això d'haver-lo enredat.

—Jo vaig passar per alt totes aquestes consideracions. Només m'interessava una cosa.

—I aquest amic, qui era?

—Un advocat jove.

—Vivia aquí?

—No. Tenia llogat el tercer segona, però no hi vivia. Tots dos venien els dissabtes, sempre per separat. Ell, de vegades, hi dormia alguna nit. Suposo que el pis va llogar-lo només per a això, per rebre-hi aquesta noia. Jo suposava que potser era casada...

—No, soltera.

—No deia mai res. Entrava, es ficava a l'ascensor... i cap a dalt. Potser ni m'hi hauria fixat si no hagués estat perquè un dissabte era al replà del pis de sobre, espolsant la barana, i quan vaig sentir que l'ascensor s'aturava al tercer vaig abocar-me una mica per saber qui era, per si anaven a l'altra porta, on no hi havia ningú. Aleshores vaig veure que es treia una clau del portamonedes i que obria... Li asseguro que em vaig quedar com una mona. Després, una veïna em va dir que sí, que ja feia temps que durava i que es pensava que jo ho sabia.

Jo devia estar blanc com el paper, però vaig fer tot el possible per dominar les meves emocions, més intenses que no hauria suposat. Aquella revelació em feia mal, un mal terrible. Mai no m'havia sentit tan dolgut. La revelació palpable, tangible, de l'engany... Els dissabtes s'escapava com qui diu dels meus braços per córrer als braços d'un altre, entre els quals es mostraria més lliure, més abandonada, consentidora fins al final. Besos, carícies, paraules, tot una mentida abjecta. Sentia nàusees.

La portera continuava parlant, però ja gairebé no l'escoltava; tot era una repetició del mateix, més elaborada, perquè ara semblava haver-hi pres gust i, amb inconscient crueltat, anava reblant el clau a la ferida. Vaig interrompre-la per preguntar:

—I ell, com es deia?

—Pol.

—I diu que era advocat?

—Sí.

—No sap on tenia el despatx?

—No. No era d'aquí.

—Però bé hi devia viure...

—Em penso que no. Era de Santa Coloma de Gramanet.

—Ho va dir ell?

—No, ell tampoc no va dir mai res. Només el nom, perquè per força l'havia de saber, jo, essent la portera. Ho vaig saber per una casualitat, un dia que ell va entrar quan hi havia un empleat del jutjat que duia un paper per a uns veïns. Em va dir: no és el senyor Pol? I quan vaig contestar-li que sí, comentà que es pensava que encara vivia a Santa Coloma.

—I quant de temps fa que va deixar el pis?

—Més de mig any, ja fa, ara. Sí, potser set o vuit mesos. Jo em vaig creure que potser havien renyit, ells dos, i que ja no el necessitava.

—Potser és això.

—Em sap greu no poder-li dir res més... —acabà ella.

Però ja m'havia dit prou. Trobar un advocat anomenat Pol potser no seria tan difícil.

No ho va ser gens; al contrari, fou d'una simplicitat meravellosa. La guia telefònica, que vaig consultar, només registrava un Pol a Santa Coloma i, per si volia les coses més clares, al costat del nom fins i tot figurava la professió: advocat.

No tenia el més petit dubte que, si el vigilava, acabaria per trobar la Juna. Ni un sol moment no vaig creure el suggeriment de la portera, que potser havien renyit. No. Ara ho veia clar. Aquell assassinat l'havien projectat entre tots dos, el pla probablement era obra del mateix Pol, la noia s'havia limitat a fascinar un infeliç, que l'atzar volgué que fos jo, perquè els fes la feina. Ell devia ser un home tan poc escrupolós com la mateixa Juna; no havia tingut manies, havia consentit que ella es deixés tocar per unes altres mans, besar per uns altres llavis, perquè no podia pas creure que se'n sortiria amb unes quantes mirades, amb uns pocs somriures dolços i insinuants... Tots dos eren uns perfectes poca-vergonyes, d'aquesta mena de persones que són capaces de passar per damunt de tot per tal d'aconseguir llurs objectius, en aquest cas quelcom tan menyspreable com uns diners. O gairebé per damunt de tot, vaig haver de rectificar en recordar les meves entrevistes amb la Juna, ja que, a despit de la seva inescrupolositat, mai no se m'havia volgut lliurar. Només que això, des del meu punt de vista, encara ho empitjorava tot.

Sí, reflexionava. D'una banda demostrava que jo no havia exercit al seu damunt aquest mínim d'atractiu físic que en un moment donat, quan les carícies i els besos han preparat el terreny, fan el refús gairebé impossible. D'altra banda, i com a conseqüència d'això, el seu capteniment palesava d'una manera ben clara que el seu amic, l'advocat, era alguna cosa més que un còmplice amorós, un embolic més o menys durador. Era l'home a qui estimava per damunt de tot, al qual no podia trair, al qual volia servar una fidelitat absoluta fins i tot quan es veia obligada a deixar-se despullar per un altre home. Havia mentit bé, era una gran comedianta, havia sabut fer-me caure al parany sense que jo sospités res, sí, però aquella tarda que vaig trobar-la adormida al meu llit les seves reaccions a les meves carícies havien estat clarament sinceres, autèntiques. La sang li bullia com a mi, ningú no pot fingir fins a tals extrems una respiració sacsejada, anhelant, aquella mena de vibració del cos que a les mans menys expertes revela la urgència del desig. Però ho havia resistit, havia pogut negar-se'm tot i que sabia que, si no li ho contava, ell no esbrinaria mai res de la seva debilitat. ¿No havia escrit algú, un poeta, que hi ha tres coses que no deixen rastre: el pas d'una nau pel mar, el vol d'un ocell per l'aire, la coneixença carnal d'una dona per un home, si ella no és verge?

Al capdavall, vaig trobar-me que gairebé l'admirava. Però encara era pitjor. Jo hauria volgut un amor tan sencer, tan fidel, per a mi. Hauria volgut ser l'afortunat.

Res d'això, però, no em privaria de cercar-la. Per damunt de l'admiració, més enllà d'aquell anhel inextingible que em lacerava, hi havia la ràbia sorda, la ira continguda, i per això més terrible, de l'home que, havent tocat el cel amb les mans, es troba sobtadament a la terra, espoliat definitivament de tota bellesa. Perquè en aquell moment em semblava que m'ho havia pres tot, el breu passat que mig compartírem i el futur que esperava. Sol o acompanyat.

Vaig desplaçar-me a Santa Coloma. Ja havia previst que la cosa podia ser llarga, em caldria seguir tots els passos de l'advocat, no deixar-lo de petja, hi esmerçaria potser dies sencers. A en Sorribes no podia pas anar-li amb una altra excusa tan agafada pels cabells com la que li havia servit temps enrera. No em quedà més remei que fer-li veure que estava malalt.

Vaig telefonar-li un matí, per dir-li que tenia febre i que només m'havia aixecat un moment per parlar amb ell. Sí, suposo que és la grip, vaig contestar-li quan em preguntà de què es tractava. De tota manera no insistí gaire, més aviat semblava que tenia pressa a deixar el telèfon i abandonar-me a la meva sort. M'ho explicava molt bé. Cada cop que algú es posava malalt i no podia acudir al treball, en Sorribes se sentia en fals i preferia oblidar-ho com més ràpidament millor. Als agents no ens cobria cap assegurança, no gaudíem de cap avantatge social, ell pretenia que es tractava d'un treball lliure, pràcticament a comissió, de tipus liberal, com li agradava de repetir; en una paraula, d'un treball encara no reglamentat. Per altra banda, però, s'adonava que cometia una injustícia amb tots aquells que havíem demostrat amb la nostra constància que intentàvem de perseverar en la professió, que la consideràvem definitiva i no una mera provatura. Si no hagués estat tan estiracordetes com era, ho hauria reconegut francament, ens hauria pogut inscriure com a administratius, amb un sou bàsic mínim per a cobrir l'expedient. Però aquestes coses tan senzilles no se li acudien i, quan les hi explicàveu, donava allargues a l'assumpte, es posava les mans al cap o gemegava. No calia parlar-ne més.

Aquell mateix dia vaig començar la meva vigilància. Comptava encara amb les pessetes que m'havien sobrat del meu viatge, unes mil cinc-centes, i que havia preferit no restituir a en Sorribes, amb els guanys de la setmana anterior i, si calia, amb uns quants objectes d'ús personal que estava disposat a vendre o a pignorar en un cas extrem. Sabia que hi hauria despeses de tota mena, però encara no ho sabia prou bé, ja que, lògic com era, no havia pensat que l'advocat Pol disposaria de cotxe i em caldria un vehicle per a seguir-lo. Vaig llogar una moto. Sortosament tenia el carnet de xofer que en Sorribes gairebé m'obligà a obtenir quan vaig ingressar a la seva organització. Per què volia que els seus col·laboradors sabessin conduir, sempre ho he ignorat, perquè mai no ens facilità cotxe i tots els meus desplaçaments tenien lloc en metro, autobús o tramvia, a compte de la meva butxaca.

Una altra cosa del que vaig adonar-me tot seguit era que la meva vigilància no tenia objecte al matí, perquè aquelles eren les seves hores de despatx. El rètol que hi havia a un costat de porta ho deia prou clar: de deu a dues. La casa era en un carrer cèntric i, davant mateix, hi havia dos observatoris excel·lents, un bar i una granja, des d'on podia veure molt bé la porta.

Amb els primers dos dies, infructuosos, en vaig tenir prou per adonar-me que llar i despatx eren una i la mateixa cosa, car a l'hora de dinar no sortia i, de banda de vespre, sempre tornava a casa a sopar. Bona part de la tarda la passava també en ocupacions professionals i no era fins a les set quarts de vuit que donava la feina per enllestida. Freqüentava un cafè on el vaig veure reunir-se repetidament amb altres xicots de la seva edat, sempre els mateixos; la colla, és clar.

De primer havia temut que podia ser-me una mica difícil identificar-lo, perquè la casa tenia quatre habitatges, dos als baixos i dos al primer pis, però ara la sort se m'havia girat de cara i, quan el vaig veure, tot seguit vaig saber que era ell. Perquè ja el coneixia: era aquell xicot que acompanyava la Juna l'endemà del dia que vaig deixar-la en un portal de les Corts, espaordit per les seves proposicions d'assassinat. No vaig experimentar cap sorpresa, era com si en el fons ja ho hagués sospitat, només que aquest coneixement encara no havia sortit a la consciència. Cal dir, però, que la comprovació d'aquest fet augmentà la cara dura de passejar-me el seu amant pels nassos! Perquè de cap manera no podia creure que tot plegat hagués estat un atzar. Totes les maniobres de la Juna, de la parella, eren perfectament calculades, i aquell dia volgué provocar una reacció que em fes més tolerables els seus projectes criminals. No podia saber que en aquell moment ja la necessitava tant que, a insabuda meva, estava disposat a passar per tot.

Però ara ho pagaria. L'amor defraudat, el desig que no em va permetre de satisfer, les il·lusions que eixalà després d'haver-les despertades, l'engany diari a què s'havia lliurat durant una mesada ininterrompuda, aquell desassossec que ara em consumia, el gust de cendra i de fel que m'omplia la boca... Tot, tot ho pagaria. Potser encara no sabia ben bé com, però ho pagaria. De vegades pensava en obligar-la a donar-se'm per escupirla després; altres cops imaginava una llisada colossal que la deixaria mig morta; vaig anar fins a la idea de l'assassinat. ¿No havia matat una vegada per amor? Més fàcil, semblava, havia de ser encara matar per odi. En aquests moments carnissers em deia que una mort lenta, ben lenta, seria el més escaient. Que tingués temps de sofrir, d'adonar-se del que li esdevenia; que abans de la nit final pogués comprendre una cosa que sempre devia haver-li passat per alt: que hi ha éssers que es neguen a ser destruïts i que des del fons de llur desesperació són capaços de tornar cop per cop i d'arrossegar els altres a la damnació. Aquells dies, dintre meu hi havia quelcom de terrible i d'ombrívol que treballava a pressió. I encara era pitjor que no m'imaginava, perquè només un déu cruel podia haver-se encarnat en el meu braç, o menar-lo, quan a la fi la vaig trobar. Car la vaig trobar.

Va ser el quart dia. Potser ja s'havien vist abans, perquè jo, de moment, no havia caigut en la idea que les entrevistes podien tenir lloc de nit. Potser perquè fins aleshores, és a dir, durant el temps de la meva relació amb Juna, sempre s'havien vist a la tarda, continuava creient que aquelles havien de ser les hores de llurs esbarjos amorosos. No vaig reflexionar-hi fins al vespre del tercer dia, mentre ell era al cafè amb els seus amics, i llavors en lloc de retirar-me quan, a les nou, entrà a casa seva, vaig aparcar la moto i em vaig ficar al bar.

La nit fou llarga, inacabable, perquè a tres quarts de dotze em semblà que el cafeter començava a estranyar-se d'aquella estada tan dilatada al seu establiment. Ara ja em devia començar a conèixer, hi havia passat tres tardes, bevent cafè, cafè amb llet i cafè altra vegada. No era pas tan fàcil de vigilar una persona, me'n vaig poder convèncer: Aquí s'hi afegia que tothom devia conèixer-se; la gent que acudien al bar se saludaven, parlaven, bevien junts. Jo era l'únic solitari. De fet em penso que la situació s'hauria tornat insostenible si hagués durat massa. Em sentia en evidència, tan conspicu com una mosca en un plat de sopa. Potser tot plegat era imaginació meva, al cap i a la fi les mirades que ara i adés m'adreçaven els habituals no tenien res de particular; era natural que es fixessin en un estrany, en un foraster, ni que fos indiferentment. Però jo sabia que la meva presència entre ells obeïa a finalitats inconfessables, i això em feia desconfiar de cada llambregada que s'escapava cap al meu costat, de les converses en veu baixa que potser m'al·ludien, dels mots amables de l'amo, sota els quals volia veure segones intencions. No hi ha res com tenir una consciència culpable. Però, al mateix temps, em revoltava contra aquesta noció.

La culpabilitat és una altra, em deia aquella tercera nit quan en deixar el bar vaig plantar-me a la cantonada, disposat a resistir una hora, una hora i mitja més, abans de donar la jornada per acabada. El delicte fou comès, i ja comença a ser vell, he pactat amb aquella part honesta de mi mateix que no l'acceptava, l'he obligada pràcticament a oblidar-ho. Ara em limitava a espiar, a vigilar, algú més culpable que jo, algú que havia projectat aquell assassinat a sang freda, no com jo, obcecat per un cos lluminós... Potser també ell l'hi trobava, de lluminós, potser s'hi extasiava tant com jo, o més i tot, però l'assassinat, així i tot, fou planejat en fred, perquè entre nosaltres hi havia una diferència: la Juna era seva, se li havia donat. A mi, en canvi, se'm negava.

Res de tot això, però, no em tranquil·litzava. De fet, dia darrera dia sentia que emergien dintre meu sentiments cada cop una mica més tèrbols, més complicats, més difícils de desembullar. Una vegada havia cregut embogir perquè una noia es deixava petonejar i m'escalfava amb la seva bellesa, però ara certament em tornaria boig d'impaciència, del trèmul desig de fer mal, tant de mal com m'havien fet. Boig de por, també, perquè a aquell malestar que em produïen mirades i converses que potser em prenien per diana, s'hi afegia el temor de ser reconegut per ell si allò durava massa i jo cometia alguna imprudència: no podia saber si aquell dia que ens vam encreuar la Juna li havia dit: és aquest; probablement li ho havia dit. I també hi havia la por, més amagada, però més puixant, d'esgotar la meva ira abans de trobar-nos cara a cara. Després, va resultar ser un temor absurd, perquè s'esdevingué tot al contrari.

L'advocat Pol no va sortir de casa en tota la nit, aquell dia, però l'endemà, a un quart d'onze, havent sopat, suposo, tancava la porta del carrer i s'allunyava cap a la placeta que hi havia més avall i on ja havia observat que guardava el cotxe. Amb una mica més, se m'escapa. L'amo del bar m'acabava de servir un cafè i me'l vaig beure en dues glopades, cremant. Sortosament, ja l'havia pagat. Sempre pagava les consumicions al moment que me les servien. Així i tot vaig perdre uns minuts que podien haver estat preciosos si ell no s'atura a encendre una cigarreta abans d'engegar, car jo era darrera seu, a una distància prudent. Durant els meus desplaçaments havia pres la precaució de posarme unes ulleres de motorista i mig tapar-me la cara amb una bufanda, cosa que el temps, una mica fresc, sobretot des que es ponia el sol, autoritzava ben naturalment.

Vam anar baixant cap a la població i aleshores, en lloc d'adreçar-se a Barcelona, com havia esperat i com solia fer les poques vegades que se serví del cotxe en el curs d'aquells dies, tombà en direcció a Badalona. Vam recórrer tota l'avinguda d'Alfons XIII, travessàrem el carrer de la Creu i, abans d'arribar al final, el cotxe trencà cap a l'avinguda de Martí Pujol, en aquella hora pràcticament sense tràfic.

En arribar a un curt carrer transversal que després vaig veure que era el carrer del Bruc, hi endinsà el cotxe i l'aparcà. Jo vaig continuar fins a l'altra travessia, el carrer de Girona, per retrocedir ràpidament, aquest cop a peu. Ell ja s'enfilava cap a l'avinguda de Zumalacàrregui. Vaig seguir-lo sense massa dificultat, car l'indret era més aviat fosc.

Més d'un cop havia treballat a Badalona, perquè les nostres prospeccions no es limitaven sempre a la capital, sinó que incloïen ben sovint les localitats properes, però la meva feina no m'havia dut mai cap aquell barri que em semblà nou, encara poc poblat, amb molts solars sense edificar entre les torretes modestes i algun edifici de pisos de construcció recent.

En Pol va retrocedir una mica, travessà el carrer i es ficà en una de les casetes baixes, una torre amb la porta flanquejada per dues finestres protegides per persianes verdes. La porta del carrer era oberta, perquè es va limitar a empènyer-la, de manera que potser ja l'esperaven. En veure'l desaparèixer, jo havia corregut, i vaig quedar-me clavat, potser una mica imprudentment, a tocar d'una de les finestres. No vaig sentir cap soroll de timbre, cap senyal d'acolliment. Aleshores vaig tenir la certesa que la meva recerca havia arribat al final.

Un moment després vaig acabar d'avançar fins a la porta. La de fora s'havia quedat mal ajustada i em fou possible de distingir l'entradeta, sense la més petita profunditat, i els dos graonets que menaven a la porta interior, de darrera la qual s'escapava una mica de llum, perquè l'espiell era obert.

No tenia la intenció d'irrompre a la casa en aquell instant. En primer lloc perquè la certesa al capdavall era relativa, no es basava en cap dada objectiva, sinó en una mera intuïció; després de tot, sempre era possible que ells dos haguessin renyit i que ell ara tingués una altra amiga. Calia pensar en tot. En segon lloc, sempre m'havia imaginat trobar-la sola, ella i jo sense testimonis, i no hi renunciava. A ell, si de cas, el deixaria per a després.

Passada una curta vacil·lació, vaig pujar a l'entradeta que només un graó separava del carrer. Vaig clavar els ulls a l'escletxa de l'espiell, però més endins, passat el vestíbul, on el llum cremava, hi havia una cortina que tallava la meva visió. No per massa estona, perquè uns segons després la roba es va obrir per un costat i la Juna penetrà al vestíbul. El cor se'm precipità a la boca i una flamarada em va encendre el pit. Però no vaig perdre la serenitat, perquè vaig saltar immediatament al carrer i vaig allunyar-me uns quants passos.

Quan em vaig aturar, tremolava. L'havia vista, gairebé entrevista, una fracció de temps infinitísimament breu, però no sols havia tingut ocasió de comprovar que era ella, sinó d'adonar-me que era encara més bella que no la conservava el meu record. Tan bella, que feia plorar.

La porta exterior es tancava. Vaig sentir el cop dels dos batents que coincidien i, tot seguit, un altre cop més profund, més fort, el de la porta interior que ella feia petar al seu darrera. En Pol havia arribat.

Potser es quedaria tota la nit i, al cap d'una estona vaig trobar-me sense saber què fer. El carrer no oferia cap refugi, llevat de les cantonades i d'una portalada que hi havia uns metres més avall, prou capaç per a acollir-me, per a dissimular-me. Però no m'abellia passar la nit de sentinella. Em neguitejava pensar que mentre jo era allí, gelant-me, perquè l'airet era viu, ells dos reposaven confortablement en un llit ample i tou, desordenat per la batussa amorosa. Al mateix temps, em recava allunyar-me...

Vaig optar, a la fi, per ficar-me al bar que hi havia abans d'arribar a l'altra cantonada, a la mateixa vorera de la torre, i d'on, per tant, tampoc no podria observar la casa. Però hi seria a prop. Insensatament, sentia la necessitat de ser-hi a prop. Abans d'encauar-m'hi, però, vaig anar a buscar la moto que després vaig deixar davant l'establiment.

No s'hi va quedar gaire estona, perquè un cop dintre em vaig adonar més clarament que tot allò era una ximpleria, que, si la volia arreplegar sola, fins l'endemà no podria fer res. Me'n tornaria a casa, vaig decidir.

Quan pagava el conyac que m'acabava de beure, però, se m'acudí una altra cosa, i per això vaig preguntar a la dona que servia darrera el taulell:

—¿Vostè coneix aquesta noia que viu més amunt, abans d'arribar a l'altra cantonada, a la torre de les persianes verdes?

—A quina banda? N'hi ha dues, amb persianes verdes, una a cada costat de carrer.

No m'hi havia fixat, però vaig dir:

—En aquest costat.

—Són gent nova —féu ella.

Al local només hi havia un vell i dos xicots, tots tres asseguts a les taules. El vell, sol, semblava endormiscat, i els dos xicots bevien vi, fumaven, xerraven entre ells amb un accent del sud que enamorava.

—Gent? —vaig repetir—. ¿Qui hi ha més, a part

d'ella? —vaig afegir, perquè allò era el que m'interessava.

—Ningú més, que jo sàpiga.

—És clienta de vostè?

—Gairebé no es pot dir. Només ha vingut una vegada. Però si li vol alguna cosa, em penso que perd el temps.

El to deia més que les paraules, un to reticent i carregat de malícia.

—Per què ho diu?

—Festeja, s'ha de casar. Ella mateixa m'ho va explicar... —M'ullà, semblà pensar-s'ho, però a la fi el desig de dir-ho fou més fort—. Confio que sigui amb el mateix xicot que la visita.

Jo vaig fer-me el carallot. La dona semblava amiga de les confidències o potser, ara que s'havia fixat en mi, em trobava agradable, perquè tot d'una vaig descobrir que la seva mirada era estranyament amical.

—Per què? No és natural que la visiti?

—No pas a la nit —féu ella.

—Ah!

—De dia no l'ha vist mai ningú.

Li vaig somriure, amb picardia, i ella gairebé em féu l'ullet. Devia tenir trenta-cinc o trenta-sis anys, se la veia fresca, grassoneta.

—No que critiqui res, eh? —aclarí aleshores—. En aquest món cadascú fa el que pot.

Vaig insinuar:

—Vostè també, és clar...

—Sóc vídua, fillet! —rigué ella.

Vaig comprendre que, si volia, no em calia tornar a dormir a Barcelona. Però li hauria fet passar una mala nit i mai no m'ha agradat que paguessin justos per pecadors.

—No ho serà ni un dia més que no vulgui, n'estic segur —vaig dir-li, i tot seguit—. Gràcies per l'informe. Bona nit.

Es devia pensar que la joventut d'avui no és tan terrible com diuen, però jo tenia altres cabòries. I, fos com fos, ara ja havia aconseguit de saber el que volia. La caseta de les persianes verdes no era un indret on ells dos es trobaven, sinó el domicili de la Juna. I hi vivia sola.

Vaig presentar-m'hi l'endemà a la tarda, ja cap al vespre. La meva intenció havia estat d'anar-hi al matí, però la moto s'espatllà, vaig haver d'arrossegar-la fins al garatge i esperar que esbrinessin què li passava, perquè en aquell moment no en tenien cap més. Al cap de deu minuts de tocar-la van dir-me que hi tornés a la tarda, però en presentar-m'hi encara no l'havien enllestida, de manera que a l'últim resultà que havia perdut el temps per no res: vaig haver d'agafar l'autobús.

Quan vaig picar a la porta de la torre, ja fosquejava. L'espiell continuava obert però el llum del vestíbul era apagat i, de dins, no eixia cap remor. Ni vaig sentir els seus passos quan s'atansaren, perquè, com vaig veure després, calçava sabatilles. Tot d'una, doncs, una mà féu jugar el pany i el cancell s'obrí. No sé si havia mirat per l'espiell, però jo ja m'havia preocupat de col·locar-me en una banda, tot i que l'obscuritat de l'entradeta no afavoria pas les identificacions.

Com havia somniat durant tant de temps, vam trobar-nos l'un davant de l'altre, ella sobtadament amb uns ulls molt oberts i amb el gest esmaperdut. Avançà una mica la mà, va alçar-la fins a la cara, com si volgués ofegar un crit.

—Tu! —digué.

La cara li quedava a l'ombra, tot el cap siluetat per la llum de dins que m'encegava una mica, però la veia bé. Juna. Una Juna amb un pentinat alt, impecable com si es disposés a anar de visita, però vestida amb un bata d'estar per casa, blava i blanca; una bata que semblava tenir vida pròpia, perquè el cor li devia córrer com un cavall desbocat i les sines se li dreçaven en una tremolor eriçada que les projectava endavant.

Sense un mot, vaig avançar i ella retrocedí una mica, sempre amb el mateix gest, la mateixa expressió. Quan passà sota el llum vaig veure la seva cara, més pura, més encisera que mai, els ulls desconcertats, la boca que s'estremia lleugerament, entreoberta, com si li costés de respirar. També em costava a mi.

No sé què sentia. Anava avançant i ella continuava retrocedint.

—Xavier... —va dir al moment que la cortina s'obria al seu darrera.

El passadís era més fosc, però no del tot, car al fons cremava un altre llum cap al qual ens adreçàvem lentament. Abans d'arribar-hi, ja l'havia pegada. No sé si m'ho havia proposat. En aquell moment no sabia res, perquè dintre meu es barrejaven dos sentiments antagònics, igualment poderosos en aparença. Aquella ràbia freda i sorda que precedeix les explosions frenètiques i el dolor que segueix les grans pèrdues. Un dolor més agut que mai, inimaginable, però cert, operant, el dolor que reviscolava la seva presència. Perquè no podia estar-me de repetir-me: és bella, bella, bella... Només que ara sense rastre de desig. Això era estrany. Tot era estrany, inesperat, desconcertant, mentre la pressió anava creixent. Vaig pegar-la per tal d'alleujar-me-la, perquè la contradicció era intolerable. Una bufetada que ressonà parets enllà i que va projectar-la contra una porta lateral que, sota l'impacte, s'obrí.

Es queixà. Un gemec animal i balb que es va confondre amb la meva respiració sorollosa. Però un moment després ja l'havia subjectada pel braç i l'arrossegava cap a l'habitació del fons, una saleta menjador, nova i confortable, amb un gran divan als peus del qual s'estenia una pell blanca i peluda.

Ara cridava:

—Xavier, Xavier... No vaig poder, t'ho asseguro, no vaig poder!

Jo encara no havia obert la boca. D'una revolada, vaig projectar-la contra el divan, on caigué com un ninot, mig ajaguda, relliscant. La bata se li va obrir i deixà veure la combinació d'un verd molt pàl·lid que duia sota. Aleshores vaig dir:

—Puta!

M'inclinava al seu damunt. La carn mig exposada era

bruna i càlida com abans, però no era meva. I jo ja no la volia. Mig caiguda, redreçant-se a poc a poc, insegura, sota el meu esguard, sota la meva actitud amenaçadora, ja no era un cos desitjable, potser perquè la tenia al meu poder, sense condicions.

La mà s'alçà i va caure de nou perquè la galta empal·lidís abans d'encendre's com una rosella.

—No, Xavier!... Jo volia...

—Què, volies?

—No vaig poder venir, ell... Em va amenaçar.

Li agafava el braç, vaig retorçar-l'hi i ella es queixà de nou.

—La veritat! Ho vau combinar entre tots dos, vau... Com us en devíeu riure, oi? Un infeliç...

—No, t'ho juro... Jo et vull a tu, Xavier!

L'altra mà la bufetejà per tercera vegada. Quan vaig parlar de nou em sentia els llavis grossos, desproporcionats, plens d'una saliva espessa que gairebé no em deixava confegir les paraules:

—La veritat o et faig malbé!

—M'hi va obligar, jo...

—Us havíeu de casar?

—Xavier...

—Us havíeu de casar?

—Sí.

—Però tu volies els diners de l'oncle, com amb mi...

—Va ser ell.

No m'ho creia. No sabia què creure.

—Que no es guanya bé la vida? Digues!

—No ho sé... Ho volia.

—Per què no ho feia ell?

—És... M'hi va obligar —repetí.

—Per què no el deixaves?

—Jo...

—Per què no el deixaves? —vaig cridar més.

—Ell...

—Per què no el deixaves? —vaig martellejar—. Jo t'ho diré. Perquè l'estimes. L'estimes com jo t'estimava a tu, i per ell...

—No, Xavier, de veritat!
—O potser va ser idea teva i el volies estalviar. Un carallot com jo podia fer el treball brut.
—No...
—De qui va ser la idea?
—D'ell.
Vaig retorçar-li una mica més el braç que encara subjectava.
—De qui?
—Em fas mal...
—De qui?
—No ho sé...
—De qui?
—Volíem... ai! —gemegà.
—De qui?
—No ho sé. De tots dos... Meva. Però jo aleshores no et coneixia, Xavier, no sabia...
—Em vas conèixer.
—Ja era tard.
—Per què?
—Ens hauria denunciat... Fins després no m'he adonat...
—Calla!
Vaig deixar-li anar el braç i em vaig cobrir la cara amb les mans. No podia sofrir sentir-li dir que hi havia, que va haver-hi una possibilitat... Els seus braços pesaven contra els meus genolls, les mans avançaven per les cuixes, m'agafaven els baixos de l'americana.
—Xavier...
Vaig mirar-la. Era als meus peus, els rostre alçat, però humil.
—No m'hi casaré, Xavier... Tu i jo... T'estimo, t'estimo a tu... No podia saber...
—Calla, Juna!
Però ara ja no cridava. Dintre meu una veu, una veu estúpida, no parava de dir: sí, sí, sí... I ella se'n va adonar. Però aleshores els ulls la traïren. Fou una cosa breu, com un llampec triomfal que alhora revelava un menyspreu infinit. Tot va capgirar-se, a fora i a dintre. L'espai

d'uns segons, no hauria pogut dir on era, el cap em voltava, tot jo em sentia endut per un menyspreu encara més amarg, més punyent, que el dels seus ulls. Imbècil, imbècil!, em deia. Havia estat a punt de tornar a caure en la trampa.

La mà ho va fer sola, sense intervenció conscient de la meva voluntat. Vaig agafar-la pels cabells i ella es redreçà amb un altre xiscle. Després el cos colpejà contra el divan, des d'on els seus ulls em miraren com els d'un animal acorralat, sense esperança. Però les paraules que vaig dir aleshores potser encara li'n van tornar a donar, perquè l'expressió canvià de nou.

—Despulla't! —vaig fer.

Va tardar uns segons, fins que fou capaç de vèncer la seva immobilitat. Aleshores es va treure la bata, però la roba interior ja la hi vaig treure jo, amb una esgarrapada.

Mai no havia vist res de tan bell. Però ara era una bellesa muda, enemiga, quelcom que calia destruir si no volia tornar a ser danyat, si no volia que, un dia o altre, algú tornés a prendre mal...

Quan va veure el ganivet que em centellejava a la mà, els ulls se li esbatanaren i la boca udolà:

—Noooo!...

No va tenir temps de fugir, però. Vaig obrir-li la galta dreta, de dalt a baix. L'altra, no. Algú s'havia precipitat a l'habitació, uns braços forts, musculats, em subjectaven per darrera, em retorçaven el canell fins que el ganivet caigué a terra. Després vaig veure que eren dos.

Mai no vaig maleir tant haver deixat una porta oberta. Però, com ho podia saber?

LES EXPLICACIONS

L'havien vigilada des del primer moment, mai no van deixar-la de petja. M'ho van dir quan se m'enduien cap a Barcelona, emmanillat, assegut entre ells dos, darrera la nuca del xofer que ni una sola vegada no girà el cap.

Semblava que tenien ganes de parlar. Els havia donat força feina i ara es relaxaven, una mica fanfàrries, segurs d'ells mateixos. Un moment, me n'havia pogut desprendre i fugir cap a l'altra banda de taula, on vaig apoderar-me d'una cadira, amb la qual els amenaçava. Ells tenien pistoles, el més baix s'havia tret la seva de la butxaca, però no semblaven disposats a servir-se'n mentre hi hagués una possibilitat de reduir-me.

—No feu ximpleries! —em comminà el més alt amb una veu severa i antipàtica.

Vaig llançar-li la cadira entre cap i coll, però era més àgil que no aparentava i l'evità a temps. L'altre ja corria pel costat de la taula, però jo també era llest i el gerro d'aigua, ple de flors, el fallà per uns centímetres.

Aleshores ja no hi va haver res a fer. Vaig limitar-me a insultar-los fins que la boca se'm quedà sense saliva. La Juna continuava al divan, gemegant, sense preocupar-se de la seva nuesa, la mà clavada a la galta, ara tota plena de sang. Després un altre individu la féu vestir i se la van endur cap al dispensari.

Ara tot s'havia acabat. Corríem cap a Barcelona i ells dos van contar-me que prop de la casa sempre hi havia un home de vigilància. Devia ser molt hàbil, perquè la nit abans no vaig saber distingir-lo entre les ombres del carrer. Ell, però, m'havia vist, observà les meves maniobres i entrà al bar a interrogar la dona del taulell. Després de parlar-hi va quedar-li poc dubte que jo podia ser el còmplice que buscaven, l'autor material de l'assassinat. Per això l'endemà, avui, un cotxe amb quatre agents esperava prop de la casa. Van entrar darrera meu, quan empenyia la noia cap al menjador; des del passadís havien assistit a l'escena.

—Però per què, aquesta vigilància? —vaig preguntar-los—. No us pensàveu que era un suïcidi?

—No ho vam creure mai.

—I els diaris, les revistes especialitzades...

El baixet va riure, sardònic.

—Publiquen el que els diem.

—Però semblava un suïcidi —vaig insistir jo.

—Això és, ho semblava. Però vau cometre una falta important. Pel que sembla no sabíeu que el coronel Virós tenia el braç dret paralitzat a conseqüència d'una ferida rebuda durant la guerra i que li afectà els músculs. Només podia servir-se de l'esquerre.

—I la pistola era caiguda de tal manera que només hauria pogut ser disparada amb la dreta. No us ho havia dit, ella, que no podia servir-se de la dreta?

—No.

Només havia parlat d'una invàlida. I no existia.

—Des del primer moment vam sospitar que es tractava d'un assassinat —prosseguí el més alt—, i que devia ser el que en diríem un treball interior. D'algú de la família.

—Més concretament, de la beneficiària —aclarí el baix.

—Ella?

—Sí, ella. Però tenia una coartada indestructible, i també ell, l'advocat, el seu amant. —Féu una curta pausa, em mirà i afegí—: Potser us interessarà de saber que no hi va tenir res a veure, que a hores d'ara encara ho ignora tot...

Vaig moure'm amb tanta brusqueria que tots dos van precipitar-se per tal de subjectar-me. Però no havia intentat de fer res. Ni podia, amb les mans lligades. Era la sorpresa.

—Com ho sabeu?

—Gairebé des del primer moment vam instal·lar micròfons a la torreta. Ni una sola vegada no han pronunciat una paraula que fes creure en un pla establert per tots dos, ben al contrari.

—Hi ha una cosa que no comprenc —vaig dir—. Si sabia que sospitàveu d'ella, que no havíeu cregut en el suïcidi...

—No ho sabia. Vam permetre-li que es pensés que ens havíem empassat l'ham. Llevat del primer moment, quan un interrogatori era inevitable fins i tot tractant-se d'un suïcidi, mai no l'hem molestada. L'escorcoll i l'examen del pis, sobretot del despatx, va tenir lloc quan ella era a la comissaria.

El més baix tornà a deixar sentir la seva rialleta sardònica i digué:

—Aleshores vam descobrir el vostre segon error.

—N'hi va haver un altre? —vaig fer gairebé sense interès. Em sentia capolat.

—Sí. Per què vau beure conyac?

Em devia quedar amb la boca oberta de bat a bat, perquè ara van riure tots dos. La situació no els afectava, se sentien en forma, feien la seva feina de cada dia... Podien riure, doncs.

—Com ho sabeu?

—L'examen dels mobles i objectes del despatx, on vam buscar possibles empremtes digitals revelà que hi havia una ampolla de conyac sense cap ditada. I no és lògic que una ampolla gairebé buida sigui tan neta. Vau netejar-la, oi?

Vaig assentir mudament. No hauria d'haver-me tret els guants ni un sol moment, vaig dir-me. Però ara tampoc no tenia importància.

—No cal dir —prosseguia el més alt—, com la nostra convicció que es tractava d'un assassinat es refermà. Vau ser hàbil, però no prou.

—Sabíem que només ens calia esperar —digué el més baix—. Hi havia un còmplice i, un moment o altre, es materialitzaria. —Rigué—. Ja veieu que teníem raó.

—De tota manera —afegí l'altre— no ens crèiem que tardéssiu tant. Però avui ho hem comprès. No tenia la intenció de compartir cap benefici amb vós. Va voler que li féssiu la feina gratis. És clar —reflexionà— que en diners ben poc hi havia a compartir.

Vaig aixecar el cap que havia anat abaixant.

—¿I totes aquestes propietats i valors de què ella m'havia parlat? No...

—Jugava molt a la borsa. I amb poca sort. Em penso que devia ser l'únic vici que tenia.

—No s'ho podia jugar, això —vaig dir amb fermesa—. No era seu. Havia estat de la seva primera dona i només en tenia l'usdefruit.

—Era seu —insistí l'alt—. La seva primera dona era una artista de cabaret, una pelada.

—Per què ho havia de deixar tot a la neboda, doncs?

—Quina neboda? —es van estranyar tots dos.

—Ella... la neboda. Juna.

El més baix mirà cap al seu company per damunt meu, li recordà, es recordà:

—Sí, hi havia una neboda, Juna, es deia?

—Em sembla que sí. Només vivia amb ells ocasionalment, se'n va tornar a Almacelles, d'on és la família.

Jo esguardava de l'un a l'altre, com si seguís les evolucions d'un partit de tennis, fins que vaig explotar:

—Però de qui parleu?

—De la neboda que heu dit, la filla de la germana del senyor Virós.

La veu em va sortir prima, ridícula:

—I ella, doncs?

—La Caterina, voleu dir? Era la seva dona.

—Caterina... —vaig mormolar.

—Caterina Freixa, sí.

M'havia enredat fins al final. Mai no havia dit una veritat... Vaig alçar les mans emmanillades per reposar-hi el cap. L'altre, el baix, va picar-se les cuixes, divertit, i esclafí:

—No ho sabia!

Per què ho vaig fer? No ho sé. Però d'una manera o altra m'havia de desfogar. Per això vaig escopir-li:

—Malparit!

La mà, ràpida i dura, em pegà la cara i l'anell que duia em partí el llavi. La boca se m'omplí de sang.

Encara la hi tinc.

9 gener 1965

SUMARI

Col·lecció universal de butxaca El Cangur

ALTRES TÍTOLS PUBLICATS

160. Antoni Mus, *La senyora*
161. Francesc Trabal, *Judita*
162. Carles Soldevila, *Eva*
163. Muriel Spark, *El punt dolç de la senyoreta Brodie*
164. Graham Greene, *Ens podeu deixar el marit?*
165. Blai Bonet, *Judes i la primavera*
166. Pere Calders, *L'ombra de l'atzavara*
167. Erich Fromm, *Per una ètica humanística*
168. Xavier Rubert de Ventós, *Per què filosofia?*
169. Friedrich Nietzsche, *La genealogia de la moral*
170. Italo Calvino, *Les cosmicòsmiques*
171. Sebastià Serrano, *Signes, llengua i cultura*
172. Plató, *Apologia de Sòcrates. Critó. Eutifró. Protàgores*
173. Joana Raspall i Joan Martí, *Diccionari de locucions*
174. Joaquim Molas, *Lectures de poesia catalana*
175. J. M. Castellet, *Els escenaris de la memòria*
176. Josep Maria Terricabras, *Fer filosofia avui*
177. *El conte des de 1939*, a cura d'Esther Centelles
178. *El conte de 1911 a 1939*, a cura de Maria Campillo
179. Joan Maragall, *El comte Arnau*
180. *Antologia de la poesia modernista*, a cura de Jordi Castellanos
181. *100 llibres en un*. A cura de Joan Ducròs
182. *Tots els verbs i la seva conjugació*. A cura de Josep Milà
183. Daniel Defoe, *Moll Flanders*
184. Immanuel Kant, *Fonamentació de la metafísica dels costums*
185. Manuel Ibàñez Escofet, *La memòria és un gran cementiri*
186. Josep M. Albaigès, *Diccionari dels noms de noia*
187. Josep M. Albaigès, *Diccionari dels noms de noi*
188. Hans Eysenck, *Com fer-se un mateix un test d'intel·ligència*
189. Ramon Llull, *Llibre de les bèsties*
190. Bertrand Russell, *Història social de la filosofia, I*
191. Bertrand Russell, *Història social de la filosofia, II*
192. Bertrand Russell, *Història social de la filosofia, III*
193. *Història de Xacob Xalabín*. A cura de Lola Badia
194. Salvador Espriu, *Antígona*
195. Sébastien Japrisot, *Parany per a una noia*
196. Joana Raspall i Joan Martí, *Diccionari de frases fetes*
197. Albert Camus, *Calígula*
198. Josep M. Benet i Jornet, *Berenàveu a les fosques*
199. Ramon Sargatal, *Diccionari dels sants*